DE LA MAIN D'UNE FEMME

ASTRID DE LAAGE

DE LA MAIN D'UNE FEMME

Charlotte Corday, une femme en quête de liberté

BERNARD GRASSET
PARIS

Bande : Photo © Jacques Louis David, *La Mort de Marat*
© Bridgeman Images.

ISBN 978-2-246-83503-5

Pour Pierre, Mathilde et Robin

« Il suffisait de la main d'une femme… »

Charlotte CORDAY

« Partout des meurtres –
et pourtant l'eau
coule dans la nuit. »

Ozaki HÔSAI

« En littérature, j'aime qu'il y ait des ombres, de même que dans la vie persiste un halo d'obscurité… »

Simone de BEAUVOIR

Chère Charlotte,

Je suis au musée des Beaux-Arts de Bruxelles, dans la salle où est exposé le tableau de David, *La mort de Marat.*

Sur ce tableau, il est à moitié nu, la peau blafarde sur un fond vert sombre. De sa poitrine coule un filet rouge qui se disperse et colore l'eau saumâtre d'où émane une odeur de soufre, de camphre et d'avoine. Le bras droit de l'homme pend sur le côté de la baignoire, la main crispée sur une plume.

Le couteau à manche d'ivoire gît à terre, taché de sang.

La lumière glisse sur les muscles des épaules jusqu'au visage où flotte une expression indéfinissable, presque un sourire.

Sur le billot de bois, deux billets fraîchement écrits.

La plume est noire d'encre.

L'homme tient encore, dans sa main gauche, le billet sur lequel on peut lire :

« Il suffit que je sois bien malheureuse pour avoir droit à votre bienveillance. »

Le billet, daté du 13 juillet 1793, est adressé au citoyen Marat.

C'est toi, ma cousine, qui l'as écrit et toi qui l'as tué…

PREMIÈRE PARTIE

1.

Comme d'habitude, avec mes cousines, nous parlions de Charlotte Corday.

Que s'est-il passé exactement ? Qui était Marat pour attiser ses foudres ? Elle l'aimait peut-être, a dit l'une. Toi, quand tu aimes un homme, tu le tues ? a répliqué l'autre. Je te parle d'un crime passionnel. Ça n'existe pas, un crime passionnel, a pesté Marianne, un crime passionnel, c'est un crime tout court.

Et si c'était un attentat ?

Nous appelions toujours Charlotte par son prénom, comme si nous étions intimes. Alors que nous savions à peine que Marat se nommait Jean-Paul. Charlotte était notre héroïne. Lui, nous en étions convaincues, c'était un homme qui sentait le soufre.

Nous n'étions pourtant apparentées qu'au cinquième degré, mais mon grand-père avait accroché un portrait d'elle dans le couloir qui menait à sa chambre, une sorte de coupe-gorge éclairé comme une ruelle sous l'Ancien Régime. C'est un dessin à l'eau-forte.

Des boucles brunes sous un bonnet de mousseline, un nez long et droit, un menton un peu rond avec une fossette. Sur la légende, on peut lire : *Sa mémoire passera à la postérité, comme celle de tous les grands coupables, car on ne peut pardonner l'assassinat, même celui de Marat.*

La fin de la phrase en dit long.

J'ai toujours voulu en savoir plus sur Charlotte. Mais ce qui m'occupait alors, c'était la boîte retrouvée à la mort d'Amatxi, notre grand-mère. Elle souhaitait que nous la brûlions et je refusais de me soumettre à cette dernière volonté. J'avais vécu mon enfance chez elle et je sentais confusément qu'une partie de notre histoire se trouvait dans ces archives. Une nuit, j'ai glissé un coupe-papier sous le scotch brun. J'ai pensé, si vous vouliez la brûler, votre boîte, il fallait le faire vous-même. Je sais que mon geste est condamnable ; mais j'ai choisi.

Dedans, il y avait des lettres, des objets, des photos, certaines du côté de grand-père, d'autres du côté d'Amatxi. Une étoile de mer séchée. Un arbre généalogique et le dessin des armoiries de la maison Bretteville. Mon grand-père était noble, issu d'une vieille famille du Calvados dont une partie avait émigré au Danemark au moment de la Révolution française.

Dans notre famille, qui ressemble un peu à celle des Labdacides, une ancienne tribu éprise de son blason, les mémoires sont plutôt écrites par les hommes.

Pour que rien ne change dans la manière de nous percevoir, que tout reste bien en place – comme le château qu'on n'a pas les moyens de conserver, mais qu'il faut rafistoler, parce qu'on l'aime, et surtout, parce qu'on y a nos souvenirs, et les souvenirs de nos souvenirs. C'est dans la tour que l'on garde les archives et ce qu'on appelait les « livres de raison », dans lesquels sont consignés *ad vitam aeternam* les alliances et les naissances, les acquisitions de terres, les titres de propriété et les comptes d'apothicaires. Je redoute le moment où il me faudra demander la clé de la tour pour y faire des recherches. J'imagine dans une sorte d'excitation fiévreuse que Charlotte a caché un journal dans la chambre qu'elle habitait chez Madame de Bretteville, notre parente commune à Caen. C'est elle qui l'a accueillie lorsque les couvents ont été fermés, en octobre 1792. Nous aurions pu hériter de ce journal et le conserver dans nos archives. Pourquoi pas ?

Le 9 juillet 1793, Charlotte Corday a quitté Caen pour se rendre à Paris dans le but de tuer Marat. Je n'ai jamais mis les pieds en Normandie, je sais juste que c'est à cet endroit qu'avant la Révolution notre famille avait des terres et une sorte de manoir. J'ai retrouvé, dans la boîte d'Amatxi, une photo de mon grand-père habillé d'un veston gris, d'une cravate et de sa casquette en tweed devant le panneau de Bretteville-le-Rabet, commune du Calvados. Ce village est situé à l'intersection des Ligneries où

Charlotte est née le 27 juillet 1768, du Renouard, où elle a passé son enfance, et de Caen. Le tout dans un rayon de cinquante kilomètres.

J'ai aussi retrouvé un carnet sur lequel ma grand-mère a noté des noms, issus de sa famille à elle, accompagnés de points d'interrogation. Ainsi que sa pièce d'identité, Madeleine Pommé. C'était son nom de famille. Pour elle, comme pour Marat, nous avions passé son histoire par pertes et profits. Du côté des Bretteville, une tour pleine d'archives. Du côté des Pommé, le silence.

Évoquant un jour avec Marianne mon projet d'enquêter sur Marat et Corday, je prononçai plusieurs fois ces deux noms à la suite. Marat-Corday, tout de même, Marat-Corday, ce n'est pas rien. Marianne m'a interrompue : qu'est-ce qui t'a raccordée, je ne comprends pas ?

— Je te parle de Jean-Paul Marat et de Charlotte Corday, mes obsessions !

On s'est regardées en silence, et on a ri. Marat, Corday. Me raccorder à mon histoire. L'ouvrir. La désosser.

2.

Mon grand-père aimait Madeleine. Il l'a épousée malgré l'interdiction de son père. Derrière cet interdit se dressait l'ombre de son propre grand-père, qui avait disparu en abandonnant sa femme et ses deux enfants. Il avait pris la tangente, rompant la chaîne qui le liait à une lignée lourde d'obligations et de responsabilités. Le fils qu'il avait abandonné fit ce que son nom lui imposait. Il reprit le château et épousa la fille d'une famille noble.

Mais voilà que tout recommençait, l'aîné voulait sortir du rang. Mon arrière-grand-père ne vint pas au mariage de son fils. Madeleine n'avait pas « le sang bleu ». Elle me le dit elle-même, dans la grande salle de bains rose de la demeure familiale. Comme souvent, elle chantait, pendant que je clapotais dans la baignoire. Est-ce que le sang est bleu ? Non ma chérie, il est rouge. Alors pourquoi mes veines sont-elles bleues ? Regarde. Je lui montrais mes avant-bras. C'est parce que toi, tu as le sang bleu. Et toi, tu l'as aussi ? Non, moi, je ne l'ai pas.

Comment était-ce possible de n'être pas comme ma grand-mère ?

Je regarde l'arbre généalogique, plusieurs pages reliées par des bandes de scotch. Il prend tout l'espace de la table reléguée par ma grand-mère dans la pièce qui servait au repassage – son oncle, un ébéniste, la lui avait offerte pour son mariage. Elle a des pieds en forme de patte d'animal. Amatxi la trouvait trop rustique et mettait un point d'honneur à la cacher, comme tous les meubles qui lui venaient de sa famille.

Cacher ses origines. Alors que dans une famille noble, on déploie une énergie considérable à retrouver les papiers qui vont permettre de prouver que l'on a du « sang bleu ». C'est une question de vie ou de mort. Jusqu'à la Révolution, c'est ainsi qu'on vous attribue un rang, une position dans l'armée du Roi ou dans les ordres. Sans ces preuves, votre lignée est vouée aux gémonies.

Dans les fêtes de famille, il y a toujours un cousin ou une cousine qui en sait plus sur vous que vous. Parce que la sœur de la mère de votre belle-fille a épousé un X ou un Y. On ne prononce pas la particule. Le « un » est un marqueur suffisant de noblesse et de parenté. Ainsi, on dirait : « votre tante a épousé un Bretteville », mais pas « votre fille a épousé un Marat ».

Le premier fragment de l'arbre généalogique est celui de mon grand-père, « un Bretteville ». Le second, du côté de ma grand-mère, se perd dans l'inconnu. Le père d'Amatxi avait tout fait pour effacer ses origines, par honte d'être le fils d'une femme de chambre peut-être ?

Voilà pourquoi j'ai envie de défendre la cause de Marat, tout en ayant parfois peur d'être trop complaisante à son égard. Je ne sais rien de lui, hormis qu'il est mort à l'âge de cinquante ans. Charlotte Corday en a fait « l'homme qui est mort dans sa baignoire ». Est-il voué à être ce corps qui nous reste sur les bras ? À côté de ça, que savons-nous ?

Une chose. Lui aussi, comme ma grand-mère, aura voulu se défaire de ses ascendances jusqu'à ajouter un *t* à son nom de famille.

S'il est né le 24 mai 1743 à Boudry, dans la province de Neufchâtel, il descend par sa mère, Louise Cabrol, de protestants originaires du Rouergue. Et d'un père, né à Cagliari dont le nom de famille, Mara, d'origine sarde ou espagnole, s'écrit sans *t*.

En 1783, l'année de la mort de son père, il fait une demande au roi d'Espagne en vue d'obtenir un titre de noblesse. « Quant à mon cœur, écrit-il à un ami, il est depuis longtemps espagnol. » Tout cela m'interroge. Qui est vraiment Marat ? « Il porte des masques. » Ce sont les mots que Charlotte a prononcés lors de son procès.

Que voulait-elle dire ?

3.

L'événement a eu lieu le samedi 13 juillet 1793, c'est-à-dire le 25 messidor de l'an I, en vertu du calendrier révolutionnaire. Ce dernier ne sera réellement appliqué qu'à partir du mois d'octobre, même s'il a été instauré dès l'automne 1792, jour de la proclamation de la République. Pendant douze ans, le pays vivra au rythme de la nature, célébrant la germination (germinal), les fleurs (floréal), la chaleur (thermidor), les brouillards et les frimas (brumaire et frimaire), la neige, la pluie et le vent (nivôse, pluviôse, ventôse). On remplacera les saints et les martyrs par des plantes, des animaux, des outils. Le 25 messidor, c'est la période des moissons et le jour de la pintade.

De la Révolution française, il me reste le souvenir d'une anecdote ou, plus exactement, d'une marque, une de ces innombrables marques identitaires que les autres vous gravent sur la peau. Je suis en première au lycée Édouard Herriot d'une petite ville du Dauphiné. Prenez vos livres, demande madame H. au moment où nous abordons le chapitre de la Révolution dont il ne me reste aujourd'hui qu'un pâle souvenir, comme s'il avait été effacé par l'entretien cuisant qui a suivi. Car après le cours, madame H. me demande de venir la rejoindre et je reste là à me demander ce que j'ai bien pu faire pour mériter une telle procédure. Je m'approche de madame H. qui se tient sur l'estrade et prononce un Mademoiselle qui ne me dit rien qui vaille. Oui ? Nous abordons, comme vous l'avez constaté, le chapitre sur la Révolution française. Je hausse les épaules, j'avais compris. Bien, dit-elle, vous avez conscience que vos ancêtres ont été d'horribles exploiteurs ? J'hésite. Que répondre ? Rien. Bien, dit-elle encore, entérinant cette certitude. Aujourd'hui, je note que vous êtes élève au lycée de la République. Et je m'en félicite. (Elle s'en félicite.) Je baisse la tête, la relève. (Une pintade.) Allez rejoindre vos camarades, dit-elle avec un grand geste d'absolution.

Plonger dans la Révolution française, c'est tenter de démêler les écheveaux d'une histoire complexe dont les nuances apparaissent avec le temps. Les cerveaux binaires s'y cassent le nez, croyant jouer aux bons et aux méchants avec leurs Playmobil, comme on le faisait enfants, mon frère et moi. Dans le grand bâtiment de la mémoire, je suis sortie à l'étage XVIIIe, happée par tous les livres qui me ramènent à cette époque. Sur l'étal du bouquiniste : *18 Brumaire*, *9 Thermidor*, *Mémoires*, *Cauchemars de Robespierre*, un petit ouvrage que je n'ai pas acheté et qu'il m'arrive de chercher encore le long des quais de Saint-Michel.

Le sentiment que les temps se superposent me frappe lorsque je découvre au coin d'une rue le panneau publicitaire suivant : « Si vous n'avez plus de pain, mangez de la brioche. 2, 99 € le lot de deux. » Et je réalise que ce temps-là imprègne encore notre vie d'aujourd'hui.

« Si vous n'avez plus de pain, mangez de la brioche. » J'ai vérifié, aucune biographie, y compris celle d'Antonia Fraser, très documentée, ne confirme la véracité de ce propos attribué à Marie-Antoinette. Cependant, on la surnomme « Madame Déficit ». Le pays est en ruine, les monarques sont impopulaires et la Cour se conduit comme une bande d'enfants gâtés. En 1786, déjà, le contrôleur général des Finances alerte Louis XVI sur l'état des dépenses, et propose de réunir l'Assemblée de notables nommés par le roi pour tenter d'enrayer le naufrage d'un pays criblé de dettes. La Fayette évoque cette assemblée comme celle des « *not ables* » (les incapables). Ne s'y trompant pas, la noblesse refuse de payer un nouvel impôt et réclame la convocation des États généraux, une assemblée indépendante des trois ordres, qui n'a pas été réunie depuis 1614.

Le roi en dépression, la reine appelle Necker. Pour l'heure, l'agitation se cantonne à la noblesse, elle n'a pas atteint la rue. Necker s'attelle à l'organisation des États généraux, à leur recomposition. Le roi, qui cherche par tous les moyens à affaiblir une noblesse indisciplinée, finit par accepter le doublement du tiers état, pensant que celui-ci sera un allié naturel et qu'il soutiendra la cause du royaume. La nature est d'un autre avis. Les grêles de juillet anéantissent les récoltes, le vin se fige dans les calices, le grain vient à manquer dans les campagnes où la terre a gelé sur 24 pouces de profondeur, alors qu'à Paris on enregistre – 21,8 °C dans la nuit et que le bois s'arrache à prix d'or. La faim et le froid ont raison des plus pauvres, on soupçonne les riches d'accaparer la farine et les émeutes de subsistance se multiplient.

Je commence à reconstituer les faits et je n'en suis pour l'instant qu'à la préhistoire. C'est une façon de parler, mais c'est ainsi que j'envisage l'Ancien Régime. Charlotte Corday l'a bien connu. Les effets en sont encore palpables sur nous, les femmes. Je ne suis pas certaine que la Révolution ait réussi à faire table rase de tout ce dont nous sommes constituées. Ce fond archaïque dont nous ne savons pas nous défaire, l'ayant absorbé avec le lait de nos mères et les caresses de nos grands-mères. Et dans ce geste qu'elle fit, je me demande s'il n'y avait pas un peu de cela, l'expression d'un malaise qu'elle ne savait pas dire. L'histoire ne peut pas, à elle seule, expliquer son acte. Charlotte Corday a été saisie par elle au cours de cet hiver si froid que, dit-on, les oiseaux mouraient en vol.

4.

Charlotte a vingt-quatre ans lorsqu'elle quitte Caen, laissant sa vie derrière elle.

D'une famille noble, sans fortune, elle passe son enfance dans le Calvados. À la ferme des Bois, où elle jouit d'une certaine liberté, elle se souvient des après-midi près du ruisseau, jupes relevées sur les chevilles, des parties de croquet qu'un oncle avait rapporté d'Angleterre, des cours de dentelle, des longues promenades. Une vie déchirée par la mort de sa mère. Qu'en est-il de cet attachement quand il vous est arraché si tôt, à l'âge de quatorze ans ? Elle meurt au moment où le corps de Charlotte se transforme et où on commence à penser qu'il n'est plus bon qu'elle monte à cheval à califourchon en compagnie de ses frères.

Alors vient le temps de l'Abbaye aux Dames, avec ses souvenirs mêlés d'effroi et de grâce. C'est un établissement royal pour jeunes filles de la noblesse. Elle voue à l'Abbesse, Madame de Pontécoulant, un amour douloureux. Elle y entre en 1782 à l'âge de quatorze ans. Elle y restera sept ans, ne se décidant ni à entrer dans le monde ni à prendre le voile. L'Abbesse nomme Charlotte secrétaire auprès de l'économe. Une fonction qui lui donne enfin l'utilité qu'elle semble rechercher sans vraiment la trouver. La fermeture des couvents, en février 1790, la plonge dans l'inconnu.

C'est le temps de la Révolution et Madame de Bretteville (une cousine de sa mère) l'accueille à son domicile de la rue Saint-Jean, en plein cœur de Caen. Un vent de révolte et de liberté souffle sur la province normande. Frédéric Vaultier, le jeune secrétaire de la Section de la liberté qui habite dans son quartier, près de l'église Saint-Jean, l'aperçoit parfois à la fenêtre du premier étage de la maison de Madame de Bretteville. D'après son témoignage, les deux femmes sortent peu et vivent « dans un état de retraite à peu près complet ». Leur cercle de connaissances se limite à quelques membres de la noblesse qui n'ont pas émigré. Pourtant, Charlotte est une jeune fille vive. Elle trouve vite à s'occuper de charité et c'est elle qu'on choisit pour remettre la couronne civique au cours d'une cérémonie officielle.

Avec Augustin Leclerc, l'intendant de sa tante, un républicain modéré, elle échange des livres, des idées et s'ouvre aux valeurs républicaines alors que son entourage prend le chemin de la contre-révolution.

Elle est aussi témoin des révoltes qui tournent au massacre et que l'on attribue aux anarchistes. À Caen, on soupçonne la Montagne d'attiser la violence à des fins politiques, on craint Robespierre, Danton et le plus haï d'entre eux : Marat.

5.

Résolue à en savoir plus sur Charlotte, je fais le tour des biographies qui ont été écrites sur elle.

D'abord, une *Ode à Marie-Anne-Charlotte Corday* écrite par André Chénier, journaliste et poète sous la Révolution. Il l'écrit en 1793 en réponse à ceux qui s'insurgent contre le meurtre de Marat et fait de Charlotte une fille grande et sublime et de son poignard, une arme sacrée. Charlotte y paraît belle et brillante, Marat, lui, n'a pas figure humaine. Dans ce poème, c'est un noir serpent, animal venimeux, sorti d'une caverne impure. Il semble que c'est elle la victime et lui, le coupable.

Puis les mémoires de Sanson, souvenirs d'exécutions du bourreau de Louis XVI, publiés en 1830. Il aurait lui-même tranché la tête de Charlotte, comme celle de Marie-Antoinette ou de Madame du Barry. Dans ces portraits de « belles d'échafauds », Charlotte apparaît aussi belle que grave face à la mort. Ces mémoires auraient en fait été rédigés par un jeune Honoré de Balzac légitimiste.

Alphonse Esquiros est lui aussi poète, puis député démocrate-socialiste sous la Seconde République. Il publie d'ailleurs une *Histoire des Montagnards*, en 1847. Dans le roman qu'il écrit en 1840, il prend la défense de Marat. « Quelque chose aurait manqué à la Révolution si la Providence n'avait pas inventé Marat. » Quant à Charlotte, il fait d'elle une figure du dévouement et considère qu'elle s'est trompée, mais qu'il faut lui pardonner, les femmes étant « plus sujettes (que les hommes) à agir par faiblesse et par ignorance ». Pour lui, elle était amoureuse de Barbaroux, le chef des Girondins.

En 1847, Alphonse de Lamartine fait de Charlotte un « ange de l'assassinat ». Il admire son charme et sa beauté. Elle apparaît, à l'intérieur de son *Histoire des Girondins*, comme une jeune fille timide avec une âme de justicière de Dieu.

Bien plus tard, au milieu du XXe sicèle, Charlotte fascine l'extrême droite. Drieu la Rochelle et Brasillach lui vouent un culte et font d'elle une sainte, figure idéale de leurs idées conservatrices.

En 2009, Michel Onfray fait l'*Éloge de Charlotte Corday*. Il la présente comme une figure de résistance dans un monde gangrené par le vice et la haine. Elle apparaît comme une libertaire athée, une meneuse. Marat, encore une fois, est décrit comme un monstre et les sans-culottes comme des sanguinaires.

Des travaux de chercheuses américaines sortent des sentiers battus et décrivent Charlotte comme un personnage queer, symbole d'un acte de résistance contre la domination masculine.

Je rencontre alors Guillaume Mazeau, historien et auteur du *Bain de l'histoire*. Il m'éclaire sur la complexité de cet événement et sur ses répercussions. Pour lui, Charlotte, qui baigne dans des valeurs conservatrices, tue Marat pour venger son père et redorer le blason d'une famille en plein déclassement.

Je comprends alors une chose : on ne peut s'intéresser à elle sans savoir qui est Marat, ni bien sûr connaître le contexte dans lequel ce crime a été commis. La plupart des gens ont sur lui une idée simpliste : un homme malade, un tyran, un monstre. À Bruxelles, j'ai connaissance des travaux d'un groupe de chercheurs et d'historiens spécialistes de Marat. Je commence à m'intéresser à sa vie.

À mesure que ma bibliothèque se charge d'un nombre considérable de livres, une image de Charlotte prend forme puis s'éclipse à la faveur d'une nouvelle. Je n'arrive pas à la saisir. Les biographies me frappent par la diversité des interprétations qui ne me permettent pas de la cerner ni de comprendre ses motivations. Qui est-elle vraiment ? Est-il possible de se situer de manière objective vis-à-vis d'elle ? Qu'une femme de vingt-quatre ans choisisse de se sacrifier reste pour moi un mystère.

Ne pas parvenir à me faire une idée claire de Charlotte revient à ne pas savoir de quoi je suis constituée. Je dois faire moi-même ce voyage.

6.

Un plan de l'époque montre les transformations de Paris et sa nouvelle enceinte. J'imagine l'atelier du géographe où le plan a été dessiné, l'enlumineuse chargée des couleurs. Elle a choisi du vert pistache pour les friches, du rose pour les bruyères, un à-plat rouge pour les vignes, les terres labourables sont en vert bleuâtre, la ville en orangé sépia, les mers et les fleuves dans un vert-de-gris composé d'indigo pâle. Elle a travaillé tard, puis s'est endormie sur la carte de Paris, un Paris qui se construit et s'agrandit jusqu'aux faubourgs, se déploie jusqu'aux marais à légumes, aux chantiers de bois flotté, un Paris de plus en plus dense qui rassemble près de six cent mille habitants. Et un Paris divisé en quarante-huit sections où les citoyens se réunissent pour discuter des lois.

La Seine sépare la ville en deux parties. Sur l'île Saint-Louis, Notre-Dame sera bientôt reconvertie en temple de la Raison. Sur l'île de la Cité, on distingue le Palais de Justice, siège du Tribunal révolutionnaire, et la silhouette gothique de la prison de la Conciergerie qui compte environ trois cents prisonniers politiques. Le 12 juillet 1793, treize d'entre eux redoutent la sentence qui les attend : la mort. Les tours de la prison sont visibles depuis le quai de la Mégisserie, sur la rive droite. En traversant le Pont-Neuf, le quai des Tuileries mène vers le Palais national de la Convention, où siègent les députés dans la Salle des machines entièrement rénovée. Puis c'est le Jardin national, planté de marronniers d'Inde et de topiaires bucoliques qui se souviennent encore de la journée du 10 août, Louis XVI marchant sur les feuilles mortes, ombre parmi les ombres, alors que, derrière lui, la guillotine se dresse sur la place de la Révolution.

Robespierre habite la rue Saint-Honoré, à proximité du club des Jacobins qui siège dans un ancien couvent de Dominicains. Au bout de cette rue, le marché des Innocents a été bâti sur un ancien cimetière dont les ossements ont été transférés dans les catacombes. On y vend des fleurs, des herbes, des légumes et des fruits. La Halle aux blés circulaire, surmontée de son grenier voûté, est le centre névralgique d'un peuple qui ne veut plus subir le pain cher et la viande rarissime. En ce mois de juillet 1793, les femmes font la queue devant les boulangeries, on redoute une nouvelle crise des subsistances.

Dans la tour du Temple, Marie-Antoinette est emprisonnée avec les siens. Six mois plus tôt, le 21 janvier, Louis XVI a été guillotiné. La tour rappelle à chacun les émotions violentes et contradictoires qu'a suscitées cet événement. Celui qui porte ce poids plus qu'aucun autre, c'est le petit Louis. On l'a séparé de sa mère pour qu'il ne tombe pas aux mains de ceux qui voudraient en faire un nouveau roi.

De l'autre côté du Pont-Neuf, la vieille noblesse du faubourg Saint-Germain a délaissé ses hôtels particuliers et cédé la place à la partie la plus radicale des révolutionnaires. Détenue dans la prison de l'Abbaye, place Marguerite, Madame Roland écrit pour sauver sa peau. Son mari, qui était ministre de la Gironde, a démissionné le lendemain de l'exécution du roi. Une décision qu'il n'avait pas votée.

Ce samedi 13 juillet 1793, veille de la fête de la Fédération, la garde nationale a redoublé sa surveillance. Gestes, paroles, allées, venues, rien ne passe inaperçu, l'intimité transpire à travers les murs, l'air qu'on respire on le partage avec les voisins, comme les cris des marmots, la toux du vieillard et le fracas de l'imprimerie, rue Hautefeuille, d'où sortent chaque jour les pages d'un quotidien, *Le Publiciste de la République française.* C'est le nom qu'a choisi Marat pour ce nouveau journal qui a remplacé *L'Ami du peuple*, depuis qu'il a été élu député.

7.

Samedi 13 juillet 1793, chez Marat.

La chaleur pèse sur la ville depuis maintenant six jours. Au numéro 30 de la rue des Cordeliers, Marat a passé une partie de la nuit à écrire et l'odeur de l'encre se mêle à celle du café refroidi. Simonne devrait dormir. Elle ne dort pas. Une rumeur d'assassinat s'est répandue contre lui. Comme une odeur viciée, elle stagne. On en veut au député, on en veut au journaliste. On en veut à son homme.

Simonne Évrard se méfie même de ceux qui se proclament les amis de Marat. Les députés David et Maure sont venus la veille prendre de ses nouvelles, leur mine inquiète était sincère – mais elle sent derrière l'apparente sollicitude de certains jacobins un désir secret de se débarrasser de lui. C'est qu'il a l'oreille du peuple, cela donne du pouvoir.

De sa plume sortent les mots de ceux qui n'ont jamais eu la parole, qui n'ont jamais eu le choix. C'est ce qu'elle a aimé chez lui, tout de suite. Ce sens radical de la justice. Les femmes, comme les hommes, ont son attention. Il sait se révolter de la même manière pour l'un et l'autre sexe. Marat, comme la plupart des Conventionnels, pense pourtant que la femme n'a pas sa place à l'Assemblée. Mais la colère le prend lorsqu'il est témoin de violences envers elles. Qui d'autre que lui porte attention à cela sans fermer les yeux ? Au mois de mai, Marat avait sauvé la Girondine Théroigne de Méricourt, que des femmes avaient empoignée devant la Convention. Fallait-il que tout, même la liberté, même la justice, s'obtienne avec violence ?

Marat a les yeux ouverts, il ne transige pas et sa radicalité l'honore – elle le regarde, couché là, en chien de fusil. C'est par sa voix, par ce feu qui brûle à l'intérieur de lui qu'il survit et – en même temps, il faut s'y résoudre aussi – qu'il meure. Partout sur son corps, la mort trace des sillons, attaque, brûle, crève. La mort le saigne. Et s'il dort, happé par la fatigue, ce n'est que quelques heures. Parfois si profondément qu'il lui semble que la mort l'a pris, juste un moment, pour l'habituer. Il a beau s'en défendre et elle s'aveugler, la mort est là, qui rôde. Simonne a dressé une forteresse pour qu'elle ne l'atteigne pas.

Elle a pourtant connu Marat dans une plus grande détresse, lorsque, traqué par la police dans le cœur de l'hiver, il se cachait dans les caves du quartier. Son journal, *L'Ami du peuple*, et son imprimerie étaient saisis et confisqués.

Avec l'argent d'un petit héritage, Simonne Évrard a acheté la presse et loué l'appartement. Elle qui a si souvent dû vivre chez les autres, les servir, se taire, elle se sent chez elle pour la première fois. C'est une alliance symbiotique. Elle a tout donné pour sa cause, leur cause. Avec du repos, des bains d'argile et de soufre, ils parviendront à bout de sa maladie. Ça, elle s'en charge. Ce qu'elle craint, plus que tout, ce sont les hommes. Quel remède contre l'orgueil, la jalousie ? Qu'ils entrent et sortent de cet appartement comme s'ils étaient à la Convention, elle ne peut l'empêcher. Mais ils ne l'empoisonneront pas, ils ne l'assassineront pas.

Marat a beaucoup d'ennemis. À droite, chez les royalistes, les traîtres contre-révolutionnaires. Sur sa gauche, Jacques Roux, le chef des Enragés, tente de lui ravir son influence sur les sans-culottes. Il y a entre eux un jeu qu'elle n'aime pas, une rivalité. Elle l'a senti. Roux lui colle aux basques, se fait appeler « le petit Marat ». Cela ne l'empêche pas de monter les militants contre lui. Marat l'a mis à la porte de son appartement, il y a quelques jours. Grieve, qui était présent, a rapporté à Simonne que le regard de Roux était plein de vengeance. Ce mot-là, « vengeance », elle ne peut s'en défaire.

Simonne ne quitte jamais les lieux sans avoir donné de consignes, car elle se porte garante de sa vie. Ne se sont-ils pas promis cela ? Et puis, il y a le journal. Votre enfant, dit souvent Catherine, la sœur cadette de Simonne, qui n'a pas la langue dans sa poche. Des enfants, Simonne n'y pense pas. Elle a déjà été mère à douze ans, quand ses parents sont morts et qu'elle a dû s'occuper de Catherine et des plus jeunes.

Douze ans, et déjà c'était la fin de l'enfance, la fin de l'école, la fin de leur vie à Tournus et le départ pour Paris où une place de lingère attendait les sœurs. Mais les peines ne s'en vont pas avec le savon, elles s'impriment quelque part dans le corps.

Lorsque Marat s'éveille, hanté par le souvenir de ces heures passées à se cacher dans les bas-fonds insalubres, il regarde autour de lui les contours de cet appartement propret, bien tenu. Il éprouve une sensation de vertige. Pendant quelques minutes, tout lui semble irréel. Surtout lorsqu'il fait ce rêve, qu'il court dans la nuit, poursuivi par une ombre. Une ombre qui passe sur lui, l'engloutit, l'efface. Il s'éveille en nage et met de longues minutes à chasser la terreur qui l'étreint.

Mais ce matin, il ouvre les yeux sur la moulure du plafond et il éprouve une sensation de paix, telle qu'il ne l'a pas ressentie depuis longtemps. Pendant un temps infime, il pense que le bonheur pourrait s'apparenter à la joie d'être en vie. Cela ne dure pas, car il n'est point de bonheur sans justice ni lois. Et que c'est un vain mot, « bonheur », s'il ne sert qu'à rêver et à faire rêver.

8.

Tous les après-midi, je me rends à la Bibliothèque Centrale de Versailles où se trouvent les archives reconstituées par Charles Vatel. La bibliothèque ouvre ses portes à quatorze heures et j'ai le temps de flâner le long des grilles du château que j'aperçois de loin. La Chapelle royale est coiffée d'un grand drap destiné à cacher les travaux en cours. Des groupes de touristes munis de leurs billets remontent l'avenue jusqu'à la grille d'entrée.

Je n'aime pas les châteaux. J'ai trop entendu parler de problèmes de toiture et d'héritage, des corvées de feuilles, de ces salons où l'éternité s'est installée dans l'odeur des tapisseries, des fauteuils inconfortables et raides qui portent le nom des rois de l'époque, ces Louis si respectables. J'aime mieux les jardins, et il flotte une tendresse ce jour-là dans la lumière d'automne qui filtre à travers les arbres du parc. C'est à la même saison, en octobre 1789, que la famille royale a quitté Versailles pour les Tuileries. La Cour est alors dispersée, les meubles ont été vendus, parfois détruits. On dit que les gens erraient dans les couloirs vides ; certains, devenus fous, parlaient seuls. N'ayant point vécu ailleurs qu'entre ces étoffes dorées, le monde leur faisait peur, ils n'en connaissaient rien. C'était, j'imagine, comme sortir du ventre de sa mère déjà vieux, mais encore naïf.

Une perte de repères, comme j'en ai fait l'expérience l'autre jour, lorsque je suis sortie des jardins de Versailles où j'avais marché jusqu'au Hameau champêtre de la reine. De retour en ville, j'ai mis longtemps à revenir dans ce siècle. J'avais l'impression d'être allée au bout du monde. J'ai pensé à Marie-Antoinette, à ce besoin qu'elle avait eu de s'éloigner de la Cour, de s'isoler au Trianon, puis au Hameau. De plus en plus loin. Dans une quête d'elle-même, d'intimité ? Ou avec le désir de se perdre et de ne plus revenir ?

En 1850, Charles Vatel est avocat près le tribunal de Versailles, historien et collectionneur. Il a la quarantaine quand il commence à reconstituer le dossier criminel de Charlotte Corday, une affaire qui occupera dix années de sa vie. Charles, et non pas François, le célèbre cuisinier de Louis XIV, qui se suicida pour sauver son honneur lors d'un festin de Carême, où le poisson n'arrivait pas. Non, Charles n'a rien à voir avec François, même s'il partage avec lui la passion, la ténacité, le sens du tragique et une certaine mélancolie. Il existe peu d'informations sur cet homme barbu à la stature imposante, au regard vif et déterminé, qui a passé tant de temps à essayer de démêler le vrai du faux, à rencontrer des gens, à lire les innombrables pièces de théâtre qui racontaient l'assassinat de Marat.

Il y a chez lui quelque chose d'Auguste Dupin, le célèbre détective d'Edgar Poe. C'est un homme qui a le souci de la lettre, un chasseur de témoignages conscient de la fragilité des souvenirs, de la propension de ceux-ci à se transformer. Aurait-il l'âme double qu'évoque Edgar Poe à propos de Dupin ? Un homme qui serait doué à la fois d'un esprit d'analyse et d'une faculté d'imagination, les qualités nécessaires à l'enquêteur. Tant de fantasmes recouvrent l'événement qu'on ne peut se satisfaire des apparences.

Sous la plume de Charles, derrière son écriture parfois brouillonne, aux voyelles rondes, aux consonnes élancées, j'entrevois les signes qui permettent de communiquer par-delà les époques. Quand il revient sur les traces de Charlotte, soixante années ont passé, il reste des survivants, mais les témoins ont vieilli. Il veut savoir ce qui a motivé son geste.

Les archives de l'enquête sont conservées au troisième étage de la bibliothèque, dans un hôtel du XVIIIe siècle qui abritait autrefois un ministère des Affaires étrangères où furent scellés bien des traités. Je grimpe les escaliers de pierre et je traverse la grande salle silencieuse, le parquet craque sous mes pas. L'imposant Charles me suit, invisible, jusqu'à la porte vitrée. Elle ouvre sur une pièce minuscule à côté des salles de lecture, la bibliothécaire m'accueille, je demande à voir certains documents du fonds Vatel.

Parfois, en attendant que les chariots arrivent chargés de documents, j'imagine Vatel, seul avec ses obsessions, Charlotte Corday et Madame du Barry. Une vierge qui a commis un crime et la maîtresse d'un roi. Toutes deux ont péri sur l'échafaud, comme beaucoup d'autres femmes de cette époque.

Aujourd'hui, j'ai demandé le F665 (enfance) et le F666 (scellés chez Mme de Bretteville après sa mort, le 23 octobre 1799). J'ai envie de lire une lettre dont j'ai appris l'existence, une lettre que Charlotte aurait écrite à une amie proche. Il en reste si peu. La plupart ont été brûlées, jetées au feu par leurs propriétaires qui craignaient d'être compromis, accusés de complicité.

Je cherche une présence. Un indice. Quelque chose qui la rendrait vivante, les traces d'une voix plus intime, de celles que l'on trouve dans les lettres – selon Voltaire, l'écriture est la peinture de la voix. Celles que l'on écrit sans se relire, où l'on s'épanche et qui sont plus vraies que tous les beaux discours. Mais la lettre n'est plus dans le dossier F666. La bibliothécaire hésite. Elle a pu être égarée, rangée par erreur dans un autre dossier. Il est aussi possible qu'elle ait été volée. C'est une chose banale, cela ne date pas d'aujourd'hui. Au XIXe, vous n'imaginez pas le trafic d'objets, de reliques et de livres interdits pendant la Révolution qui sont vendus sous le manteau. Par qui ? D'obscurs émissaires qui s'évanouissent dans la nature. Cette lettre réapparaîtra peut-être un jour dans les affaires d'un collectionneur, d'un historiographe avide, fétichiste ou nostalgique. C'est comme le crâne de Charlotte Corday. Le reflet des néons brille dans ses lunettes et me cache son regard. Il n'est pas impossible qu'à l'occasion d'une succession, cachés dans un vieux secrétaire, vous retrouviez son journal intime ou bien l'arme du crime.

9.

En 1793, la guerre fait rage aux frontières comme à l'intérieur. La jeune République est fragile et sur les bancs de la Convention nationale, deux forces principales s'opposent. À gauche, les Montagnards avec Robespierre, Danton, David et Marat, élu en septembre 1792. À droite, le parti des Girondins qui domine la Convention et compte parmi ses membres les plus influents Roland, Brissot, Barbaroux et Pétion. Ce partage cache bien des nuances entre les différents courants, qu'on appelle des factions. Quant aux femmes, bien qu'elles aient participé à la Révolution dès ses premières heures, elles sont exclues des assemblées politiques. C'est dans ce contexte qu'Olympe de Gouges a rédigé la Déclaration des Droits de la femme et de la citoyenne, en 1791.

Alors qu'on craint une nouvelle crise, à cause du prix des denrées alimentaires qui ne cesse d'augmenter, Marat publie dans le n° 190 de son journal une longue liste de personnes qu'il accuse de spéculation et de traîtrise. Les chefs du parti de la Gironde sont visés.

Le 2 juin, quarante mille hommes en armes se postent autour de la Convention. On fait sonner le tocsin et le canon d'alarme. Sous la pression des sans-culottes, les Montagnards finissent par exclure vingt-neuf députés girondins. Ils sont assignés à résidence en attendant leur jugement. Dix d'entre eux décident de fuir et trouvent refuge à Caen, une ville favorable aux idées girondines. Parmi eux, Barbaroux, Pétion, Louvet, les chefs de file du parti. Ils défendent une ligne fédéraliste de départements autonomes reliés à Paris, centre de la nation. Les Montagnards, eux, prônent l'unité et l'indivisibilité de la République.

Charlotte ne fait partie d'aucun club politique. Mais Caen est une petite ville, elle y fréquente les membres modérés du département ou de la mairie. À l'hôtel de l'Intendance, elle rencontre les Girondins, se lie d'amitié avec Barbaroux et sollicite son aide en faveur d'Alexandrine, une amie du couvent qui ne perçoit pas de pension. Cette mission lui servira de prétexte pour se rendre à Paris.

10.

Samedi 13 juillet, Palais-Royal.

À Paris, la nuit se dissout dans la lumière du petit matin. À marcher ainsi dans le silence, Charlotte se croirait presque sous les galeries du cloître, au temps de l'Abbaye, au temps où il n'y avait que le présent rythmé par les offices, les tâches quotidiennes, l'étude et la prière. À l'Abbaye, tout était fait pour dompter l'esprit, ne pas le laisser aller à la langueur. Se préparer à mourir, disaient les sœurs. Charlotte est rompue à cette discipline, cette fermeté d'âme. Je me glisse dans l'intervalle temporel de nos deux consciences. Et sous la carapace, je sens son désir de liberté.

Au son d'une cavalcade, au froufrou d'une robe, elle se retourne et guette les ombres qui s'enfuient aux premières lueurs. Alors que la nuit, libertine, s'évanouit, les limonadiers arrivent au Palais-Royal. Bientôt une foule différente fera son entrée sous les arcades, s'installera aux terrasses des cafés et flânera dans les jardins.

Déjà, on s'active sur la place, un groupe d'hommes s'apprête à afficher les nouvelles du jour qui feront tout à l'heure l'objet de discussions. Le Palais-Royal est l'autre lieu du politique. On prend possession de ce nouveau discours en débattant de tout, en affirmant sa position. Les événements ne sont plus une fatalité qui tombe sur la tête comme le ciel contre lequel on ne peut rien. La guerre, la taxation du blé, l'exécution des traîtres, les décisions de la Convention sont matière à converser.

Les boutiques ne sont pas encore ouvertes et à cette heure, Charlotte peut contempler à sa guise les devantures sans attirer l'attention sur sa personne. Elle ressemble à n'importe quelle élégante malgré la tournure un peu provinciale de sa robe de coton brun. Elle cherche un coutelier. Quelle sorte de couteau faut-il pour tuer un homme ?

Elle s'attarde devant la boutique d'une dentellière et admire la finesse d'un point de Bruges, de Calais ou d'Argentan, une dentelle aussi délicate qu'une toile d'araignée. Avec quelle dextérité il a fallu entrelacer les fils de soie pour voir apparaître une trame aussi complexe. Elle a toujours pris beaucoup de plaisir à l'élaboration de ces motifs. Broder, c'est le moyen que les femmes ont trouvé pour dire ce qu'elles ne peuvent pas dire, dévoiler un secret. Cette dentelle si fine la bouleverse. Elle aurait aimé se vêtir un jour de guipure blanche, croire en ce bonheur dont tout le monde raffole. Le bonheur, ma chère, lui avait écrit son amie Éléonore, ce n'est pas dans ce siècle qu'il faut le chercher.

Mais elle n'a pas de goût pour le mariage. Il n'y a aucune place pour l'amour dans ce commerce. Elle esquive ce sujet qui pèse sur les épaules des filles dès leur plus jeune âge. L'amour qu'elle imagine est une chose différente dont elle a entraperçu la force, une chose mystérieuse qui a un rapport avec Dieu.

Reprenant sa marche le long des devantures, elle pense à ce carré de lin qu'elle a laissé derrière le miroir de sa chambre. C'est un ouvrage au petit point qu'elle a commencé le jour de la parade organisée par le général Wimpffen à Caen pour recruter des soldats volontaires la semaine précédente. Comme un oubli, un dernier message ou une provocation, elle y a brodé cette phrase : *Le ferais-je ou ne le ferais-je pas ?*

11.

Dimanche 7 juillet, Caen.

Ce dimanche-là, Charlotte se rend avec Augustin Leclerc sur le Cours de la Reine où s'organise la parade. Le nom de Marat est sur toutes les lèvres. On le traite de cannibale, de crapaud, de despote. Cannibale, elle en doute, mais sanguinaire, oui, un homme pour qui la vie ne compte pas. À Caen, on voit en lui un dictateur en puissance.

La rumeur de l'affreuse machination qui a condamné les membres les plus influents de la Gironde se cristallise sur Marat. Assignés à résidence dans l'attente de leur jugement, ceux qui ont réussi à quitter Paris, comme Barbaroux, Louvet et Pétion, sont présents à la grande parade. Les troupes défilent devant la foule rassemblée sous un ciel bleu vif pour inciter les hommes à s'enrôler. L'armée des départements contre Paris la jacobine.

Sous un chapiteau orné de cocardes, deux commissaires chargés d'enregistrer les volontaires se liquéfient sous la chaleur. Les gens sont venus pour le drapeau, pour le défilé, mais aussi pour la fête. Une parade, c'est toujours un peu de joie. Quelques tambours, une fanfare, c'est bon à prendre par les temps qui courent. Charlotte glane les paroles des citoyens. Personne n'est prêt à sacrifier son fils pour quelques sols.

La journée est déjà bien avancée mais le général Wimpffen a beau faire de l'esbroufe, seuls dix-sept jeunes gens se sont enrôlés. C'est peu pour une armée destinée à renverser Paris. Charlotte admire le courage de cette poignée de volontaires, tout en étant désemparée par le manque d'ardeur des habitants. Aucun des Girondins n'a voulu se joindre aux soldats. Ces hommes sont de beaux parleurs, mais elle voit bien dans leurs regards qu'ils n'y croient déjà plus.

Elle s'approche du groupe des députés qui racontent leur fuite dans la nuit et les chemins de traverse qui les ont conduits au péril de leur vie jusqu'à Caen.

Pétion la regarde avancer dans sa robe de bazin à rayures bleues et blanches. Son œil brille. La belle aristocrate est venue voir défiler les républicains ? lui lance-t-il. Charlotte se fige, elle ne s'attend pas à ces paroles, elle qui se sent comme un chevalier prêt à combattre, une place qui ne lui a jamais été attribuée. Elle est venue en égale, tout entière emplie de l'héroïsme politique qu'elle a lu dans les œuvres de Plutarque, ces vies d'hommes, de combattants.

Citoyen Pétion, lui répond-elle, vous me jugez aujourd'hui sans me connaître. Un jour vous saurez qui je suis.

Charlotte rentre chez Madame de Bretteville d'un pas vif. La gorge sèche d'avoir retenu ses larmes pour qu'ils ne voient pas à quel point cette petite phrase l'a blessée – prononcée par l'un de ces hommes qu'elle admire, et non par l'un de ces hobereaux de campagne, ternes, prévisibles, polis par les mondanités locales. Elle monte dans sa chambre et saisit son ouvrage pour calmer son esprit, piquant vivement son aiguille dans le lin avec un sentiment d'impuissance qui lui fait horreur. Rester ici à attendre alors que l'on parle à Paris d'un dictateur, c'est insupportable. La figure de Marat lui saute au visage, un rictus au coin de la bouche, comme si c'était lui qui se moquait d'elle. L'aiguille pénètre sa chair, le sang forme une perle sur son doigt.

Le ferait-elle, si elle n'était pas une fille ?

L'idée a pris forme dans ce terreau. Dans cette blessure. Elle a regardé le sang s'épanouir sur le lin blanc. En corolle. Comme une fleur. La broderie est restée cachée derrière son miroir. Le reste, les cahiers et les lettres, elle les a brûlés.

Deux jours après, son passeport en poche, Charlotte prend la diligence pour Paris en compagnie d'une femme et d'hommes qui ne cachent pas leur sympathie pour les Montagnards. Aucun d'eux ne connaît son identité. Charlotte se sent mal à l'aise et fait mine de dormir. La voiture roule sans s'arrêter. La nuit, elle écoute chanter l'un des voyageurs. Une chanson plaintive, écrit-elle, qui la berce. Le jour, la voiture file au milieu des champs en pleine moisson. Après deux jours de voyage, Paris apparaît dans un creux du paysage, des îlots de pierre grise surmontés de fumée grisâtre.

Charlotte pose son bottillon à lacets sur le sol poussiéreux de la capitale le jeudi 11 juillet. Elle n'y est jamais venue et ne connaît personne. C'est le garçon de courses qui lui indique l'hôtel de la Providence, dans une rue passagère du quartier Montmartre où se concentrent les garnis.

Madame Grollier l'accompagne jusqu'à la chambre numéro 7 qui donne sur la rue. Charlotte a emporté dans ses bagages quelques effets que l'on retrouvera plus tard ici. Une robe de bazin rayé, un jupon de soie rose, un autre de coton blanc, deux chemises de femme, deux paires de bas de coton, un petit peignoir sans manches, quatre mouchoirs dont l'un est marqué C.C., une serviette brodée de la lettre B., deux bonnets de linon, des rubans.

12.

Alors que la sonnerie s'éternise dans le château familial, j'imagine les pas de tante Euphémie sur les carreaux noir et blanc, je l'entends qui trottine jusqu'au bureau pour saisir le combiné avant qu'il ne soit trop tard. Elle a bien un portable, mais je l'appelle toujours sur le fixe : c'est le seul numéro qui ne changera jamais. J'ai besoin de consulter les archives familiales. J'espère secrètement trouver quelque chose que Charlotte aurait laissé à Caen chez Madame de Bretteville, un journal, une lettre ou ce morceau de lin sur lequel on pourrait lire ces mots tachés de sang. *Le ferais-je ou ne le ferais-je pas ?*

J'espère aussi en savoir plus sur l'histoire de la famille pendant la Révolution. Quel parti ont-ils pris ? Comment sont-ils passés de la Normandie au Danemark, et du Danemark à la Drôme où ils ont « refait souche », selon l'expression consacrée ?

J'aurais pu demander à l'oncle historiographe, un de ces personnages emblématiques dont les après-midi sont occupés à reconstituer les silences généalogiques, à l'aide des réseaux de cousins éloignés. Mais leurs conversations ressemblent à des trains qui n'arrivent jamais et les femmes n'y sont que des passagères, jeunes filles à marier avant de devenir épouses, puis mères et grands-mères.

Quand on le croise, mieux vaut le planter là, héler le cousin qui passe avec une cigarette et un verre pour aller discuter ailleurs, plutôt que d'être tentée de lui faire plaisir en osant une question sur sa nouvelle lubie généalogique. Sinon, c'est foutu, il n'y a plus qu'à regarder les cousines se rassembler à l'écart, Lili a attrapé une assiette de petits-fours, Marianne lui court après avec la bouteille, alors qu'il a commencé son histoire, « … il se trouve que son mari est en possession d'un portrait ayant appartenu aux cousins de la branche aînée de… » et que je regarde avec regret le groupe s'éloigner pendant qu'il entame son couplet sur « les valeurs de la famille », ces valeurs, toujours au pluriel, indiscernables, indéchiffrables – à tel point que je me demande en quoi chacun d'entre nous serait à même de les trouver et de s'y reconnaître. Impossible d'arrêter le flot de paroles de l'oncle historiographe, il est complètement parti, shooté à la famille, pupilles dilatées, sa truffe Bretteville brille de plaisir, ce qui ne l'empêche pas d'attraper, de sa main gauche, un petit feuilleté à l'intérieur duquel nage un escargot au beurre d'ail.

Charlotte sait cela par cœur, même si à son époque, chacun restait à la place qui lui était attribuée. Pas question qu'elle s'esquive.

J'ai toujours préféré, lors de ces mondanités, m'asseoir à côté de tante Olimpia, qui a comme elle dit « fait sa vie » et me raconte toujours « les dessous ». Des choses de femmes et des déchirures. Tante Olimpia parle d'elle-même sans jamais rien dévoiler. J'aime son élégance un peu décadente, oh, trois fois rien, un solde de chez Givenchy. Avec elle, je m'émancipe. Alors, dis-moi, dis-moi donc, tu es amoureuse ? Elle chuchote. Attention, tu vas souffrir. Oui, mais souffrir, c'est vivre, tante Olimpia, ce n'est pas vous qui allez me dire le contraire ? Tante Olimpia ne dira rien, une ombre voile son regard. Des choses de femme, des déchirures. Soudain l'oncle radoteur se lève, il fait le tour des invités, à qui va-t-il pouvoir continuer à raconter ses histoires ?

Dieu qu'il m'emmerde, dit tante Olimpia.

13.

Samedi 13 juillet, Palais-Royal.

Charlotte traverse la place d'une bonne enjambée. Il règne sur la ville un climat de suspicion, on peine à reconnaître à qui l'on a affaire sous les tenues nouvelles : des vêtements colorés, des chiffons, des indiennes. On a du mal à distinguer, aurait dit Madame de Bretteville, une personne de qualité du commun des mortels. À Caen, où l'on sait qui est qui avec certitude, on ne se laisse pas berner par le premier venu. Charlotte porte une tenue provinciale qui ne masque pas son appartenance à la noblesse. Elle pense à son voyage en diligence, à la promiscuité insupportable, à cet homme qui n'a cessé de la toucher de son regard sale.

Charlotte a été élevée dans l'idée que les carcans sont des garde-fous nécessaires. Sans eux le corps est livré à lui-même, en proie aux passions. Elle envie pourtant le naturel avec lequel les femmes se comportent ici, s'habillent, s'appuient au bras d'un homme, geste dans lequel elle croit surprendre une forme d'intimité. Un trouble la traverse, elle qui ne connaît pas la tendresse. Des sensations nouvelles font vaciller ses certitudes. Elle voudrait se sentir libre, elle voudrait aimer et être aimée.

Mais il y a un attroupement devant chez Curtius, le Cabinet des figures de cire où, pour une somme modique, on peut voir les têtes de La Fayette, de Mirabeau et des personnalités du moment. Charlotte ne se doute pas que celle de sa victime y figure aussi, Curtius la conserve à l'écart. Marat est là pourtant, il sourit sous le drap qui le recouvre. Bientôt, il se tiendra en chair et en os devant Charlotte. Pour l'instant, il n'est pour elle qu'un monstre. C'est l'idée qu'elle se fait d'un tyran. Elle s'y accroche.

Dans la cour du Palais-Royal, des roulements de tambour résonnent sous les arcades, un homme annonce l'exécution de neuf prisonniers, à trois heures de l'après-midi, sur la place de la Révolution. Ces hommes sont accusés d'avoir attaqué, en pleine nuit, le député montagnard Léonard Bourdon à Orléans.

Une femme vend les placards du jugement pour quelques sols.

Charlotte repère le *Journal de Perlet* auquel son père est abonné. Sur l'étal figurent aussi *Le Mercure national*, *Le Père Duchesne* ainsi que des exemplaires du *Publiciste de la République*. Jamais elle n'a osé le lire à Caen, où l'on considère Marat, son directeur, comme un homme dangereux, un anarchiste. La marchande s'impatiente. Citoyenne, si tu veux savoir à quelle heure est le spectacle, c'est quinze sols, dit-elle avant de lancer à la cantonade : neuf têtes coupées pour le prix d'une, c'est une affaire ! On rit. Charlotte lui tend la monnaie, elle achète aussi *Le Publiciste*. Personne ne le saura.

Elle s'éloigne lentement avec ces feuillets qui sont comme les deux faces de son destin. Elle a vingt-quatre ans et elle s'apprête à mourir.

Mais quelle sorte de couteau faut-il pour tuer un homme ?

On dit qu'il aurait pu s'agir d'un stylet. Le mot vient de l'italien *stillo* qui signifie « poignard ». Et du latin *stilus* qui désigne un « poinçon pour écrire ». Charlotte n'avait peut-être pas d'autre choix que la violence pour exprimer sa colère.

Coutelier Badin, numéro 177. Voilà enfin ce qu'elle cherche. C'est tout au bout de la galerie. Il y eut, autrefois, une librairie à cet endroit. Aujourd'hui, il n'y a plus rien.

14.

Dans l'appartement de Simonne Évrard et Jean-Paul Marat, les premiers rayons du soleil ricochent sur les carreaux en verre de Bohême. Ils ont prêté serment mais on n'appellera jamais Simonne « Madame Marat ». On l'oubliera, elle le sait déjà. La femme de l'Ami du peuple n'a pas de goût pour la lumière. La gloire, elle la laisse à son homme. Agir, penser, vivre à ses côtés, non pas soumise, mais discrète. Non pas, comme on a pu le dire pour souiller son bonheur, comme une vulgaire tricoteuse ou une bonne, mais comme une femme qui s'est construite par le travail. Pas une victime, une femme libre.

Quand sa sœur s'est unie à Jean-Antoine, ouvrier typographe à l'imprimerie de Marat, elle a pensé comme une mère, heureuse de savoir que Catherine avait trouvé à s'établir. Parce que Paris est dangereux et qu'une femme seule y est vulnérable. Elle a toujours craint pour sa sœur plus que pour elle-même.

Simonne est entrée comme ouvrière dans l'imprimerie – en plus des heures qu'elle faisait à la blanchisserie. Elle comprend vite le fonctionnement du journal, et le journal a besoin d'une personne comme Simonne. Stable, intelligente, elle organise le travail des ouvriers, fait en sorte qu'on ne manque jamais de papier ni d'encre, que les machines soient en bon état de marche. C'est elle qui a mis en place l'abonnement, elle qui fait le tri du courrier à transmettre à Marat. Elle s'occupe encore de faire intercepter les faux journaux, des copies qui ont pour but de nuire au journaliste.

Simonne a une confiance absolue en Marat, leur amour n'a pas été un coup de foudre, mais une nécessité. Il y avait bien eu ce voyage de Marat à Londres, quelques mois auparavant. Et l'intuition douloureuse qu'il y avait laissé un bout de lui-même.

Mais Simonne n'est pas femme à se laisser conter fleurette, même par Marat. Avant son départ pour Londres, elle lui a demandé de prendre sa décision. Elle veut bien le seconder, mais pas être l'amante. Elle accepte l'amour libre de toute sujétion religieuse, veut bien prêter serment sans le consentement d'un prêtre, mais elle tient à rester digne, intègre. Simonne ouvre le tiroir de son petit secrétaire, elle a glissé dans un portefeuille le mot que Marat a écrit à son sujet. Elle le déplie. Elle aime le relire de temps à autre.

« Les belles qualités de Mlle Simonne Évrard ayant captivé mon cœur dont elle receu l'hommage je lui laisse pour gage de ma foy, pendant le voyage que je suis forcé de faire à Londres, l'engagement sacré de lui donner ma main, immédiatement après mon retour. Si toute ma tendresse ne lui suffisait pas pour garant de ma fidélité, que l'oubly de cet engagement me couvre d'infamie.

À Paris ce 1 janvier 1792, J.P. Marat. »

Elle sourit. Ils se sont unis devant l'Être suprême au début du printemps.

Il y a un an, déjà.

15.

Dans la pièce à côté, Marat feuillette *Le Moniteur universel* que Simonne lui a apporté. Elles l'ont lu ce matin même dans la cuisine, avec sa sœur Catherine – la conclusion d'un article sur le général Wimpffen les a fait rire.

Marat jette d'abord un coup d'œil aux spectacles. Théâtre de la citoyenne Montansier : *La Femme jalouse*, suivi d'*Arlequin Journaliste ;* théâtre du Palais Variété : *Mieux vaut douceur que violence* ; théâtre de la République : en attente de la reprise de *La Liberté des femmes*. Il cherche la marque avec laquelle Simonne lui a signalé l'article. Le voici. On y apprend que *dans le Calvados, sous la houlette de Wimpffen, on incite les citoyens à s'enrôler pour anéantir Marat et ses partisans. Mais que la nuit venue, seuls cinq étourdis sont sortis des rangs. Semblable au renard à qui l'on a fait lâcher sa proie, Wimpffen s'en est allé la queue entre les jambes.*

Marat sait qu'on préférerait le savoir mort que vif. Les lecteurs du *Journal de Perlet* se réjouiront, car on le dit « dangereusement malade ». Il a posé son index sur le mot « dangereusement » et il le savoure. Dans ce mot circule tout ce à quoi les traîtres aspirent, que sa maladie le tire vers le néant, qu'enfin il cesse de parler. Car ils le savent : la mort seule fera sécher l'encre sur sa plume.

La censure est une forme de mort, on a déjà tenté de le faire taire à plusieurs reprises. Et il a ressuscité autant de fois. Non, il ne se voit pas comme Jésus, bien qu'il ait pour cet homme le plus grand respect. Il pourrait même aller jusqu'à dire que ce n'est pas Dieu qui est en cause, mais ce que les hommes font de lui. La religion n'est qu'un leurre de plus, une arme à la disposition des despotes pour tenir le peuple sous leur joug. Marat se voit plutôt comme Diogène, un homme pauvre et mal vêtu, cherchant à éclairer le monde de sa lanterne.

16.

Au château.

Dans la lumière du soir, le château ressemble à un navire échoué. Les traces de la Révolution sont encore visibles à l'endroit des quatre tourelles, amputées à la hauteur du toit de la maison principale : « Citoyenne, dit un billet thermidorien, les tours de ton castel offusquent les yeux des bons républicains. » Les tours ont été reconstruites à l'emplacement des ruines, mais pendant toute la durée de la Révolution, m'a dit oncle Horace (ou plutôt hurlé dans la 2 CV bringuebalante qu'il conduit à bride abattue), la demeure est restée ouverte aux quatre vents.

La pierre est teintée d'ocre, la vigne a rougi sur le mur de la chapelle et mes souvenirs de fête sont soudain recouverts par l'aspect défraîchi des volets, par les lézardes sur les murs – la toiture est à refaire, les robinets gouttent, c'est impossible à chauffer, entonne Euphémie en m'entraînant à sa suite. Qui aura les moyens de se saigner aux quatre veines, de faire tous les sacrifices ? Car même les mariages (la location des jardins et des salons) ne suffisent plus à entretenir un lieu pareil – d'ailleurs, on ne se marie plus, dit-elle encore, tout en trottinant jusqu'à ma chambre, Fougère, à cause des motifs de la tenture. À moins, conclut-elle, qu'on ne le vende à un Chinois ? Le comble du mauvais goût, car il n'est pas question de vendre, a fortiori à un étranger ou à quelqu'un qui aura trop d'argent à dépenser, un nouveau riche.

Pendant le dîner sont réunis oncle Horace et tante Euphémie (les vivants), Robert et tante Léonie (les morts qui président dans leurs cadres en bois doré), et moi (à mi-chemin entre les vivants et les morts). Je pense aux aspects pantagruéliques des banquets d'Amatxi, où tout ce qui est important se passe dans l'assiette, comme si Dionysos était parmi nous. Pourtant, c'est elle aussi qui m'a inculqué au biberon les manières de table pour être, comme elle disait, aussi à l'aise avec « la reine d'Angleterre qu'avec le paysan du coin », comme si elle tenait toute la société entre les deux bouts de la nappe, d'un côté la famille de son mari, de l'autre sa famille à elle, dont elle avait honte au point de dire « qu'il ne fallait pas le crier sur les toits ».

J'ai du pain sur la planche. C'est ce que je me dis en regardant les portraits des ancêtres. Deux femmes et un homme. Au centre, m'explique oncle Horace, c'est Robert. À droite, son épouse Léonie, morte jeune en laissant cinq enfants. Une femme courageuse, ajoute tante Euphémie en versant une grande rasade d'eau dans son verre de vin. Et à gauche ? C'est Renée qui s'est sacrifiée pour son frère. Renée et Robert. Les inséparables, frère et sœur, unis dans l'adversité. Celle dont on disait qu'elle avait bu toute sa vie une tisane pour accompagner son frère, alors qu'elle n'aimait pas ça. Et vice versa. Et qui mourut quatre mois après lui. Et leur père ?

— Leur père ? dit oncle Horace, un peu gêné.

— Oui, leur père, ce n'était pas lui le premier propriétaire du château ?

— Certainement pas. Il a disparu, répond Horace, en secouant la tête.

— Disparu ? je demande. Mais comment ?

Il hausse les épaules.

— Il est parti avant la naissance de sa fille. Personne ne l'a jamais revu. En tout cas, ni Robert ni Renée n'ont jamais vu leur père. Il a coupé les ponts et il est parti sans laisser d'adresse.

— Un écorché vif, dit tante Euphémie, l'air pincé, en ajoutant encore un peu d'eau dans son vin.

17.

Samedi 13 juillet, Charlotte.

Le fouet claque dans la poussière dorée. Il règne une atmosphère de fête dans ce matin d'été. Charlotte se laisse aller contre le dossier du fiacre qui s'engage dans la rue Saint-Honoré. Assise dans le sens inverse de la marche, elle observe les gens qui traversent la rue dans un mouvement désordonné, attrapant au passage le visage fardé d'un perruquier, la gouaille d'un colporteur, curieuse de ce monde nouveau qui invente ses manières de faire et de dire. Puis elle ferme les yeux, parce que tout ça n'a plus d'importance, elle sent le poids du couteau dans son corsage, la gaine en peau de chagrin lui mord la chair. Elle fait ce qu'il faut pour que son corps marche au pas de son esprit, qu'il ne s'affole pas, comme un cheval au dressage.

— Où vas-tu, citoyenne ? a demandé le cocher tout à l'heure au Palais. — Chez Marat, a-t-elle répondu. Les hommes qui ont perquisitionné la chambre de Charlotte à l'hôtel de la Providence ont retrouvé une liste d'adresses. Celle de Marat n'y figurait pas : tout le monde sait où habite l'Ami du peuple.

Le fiacre s'arrête un instant puis s'engage dans la rue de la Monnaie. Pas si vite ! pense-t-elle. Au coin de la rue, elle a aperçu une marchande d'oranges et elle a envie de se souvenir de ce jour où son grand-père avait fait venir ces sphères pleines d'un jus acidulé qui explosait dans la bouche. Leur peau douce et grumeleuse avait un parfum si envoûtant qu'il lui faisait venir des désirs de voyages. Comme ces bateaux qui s'en allaient vers le large depuis le port de Caen. Cela devait être à Noël, lorsque toute la famille se réunissait au manoir de Cauvigny, la demeure du grand-père Corday. Un endroit où elle avait sa propre chambre. Elle aimait se retrancher dans l'alcôve qui abritait son lit recouvert d'un couvre-pieds de soie bleue. Elle oubliait alors l'humeur noire de son père et les silences de sa mère. La dot n'avait pas été versée. Son père se sentait floué par cette alliance boiteuse. Le corps de sa mère ployait sous le poids du déshonneur. Elle essuyait sans broncher les remarques acerbes de son beau-père et lisait dans le regard de ses belles-sœurs le soulagement d'avoir échappé à pareille humiliation. Charlotte ne peut oublier l'humeur toujours plus sombre de son père et l'effacement de sa mère. L'effacement, jusqu'à la mort.

Mais ce n'est pas le moment de s'amollir. Elle est venue pour tuer Marat.

Dans ces familles que l'on dit « à lignage », la survie repose sur la transmission du nom et des propriétés, de père en fils. Dans le pays d'Auge, les Corday côtoient de nombreuses familles, à l'intérieur du triangle de sociabilité où s'échafaude toute une stratégie d'alliances et de transmission des biens. Mais son père, en tant que cadet, n'a pas les moyens d'acheter une charge pour faire carrière dans l'armée. Il reste le mariage. Mariage de raison, mariage d'alliance, mariage d'affaires. L'amour ? Telle n'est pas la question. Sa mère, comme toutes les autres, n'a pas son mot à dire. Ce qui importe c'est la dot. Dix mille livres.

Mais les frères de sa mère ne verseront jamais l'argent de la dot à la mort du patriarche. Ils ne se soucient pas de l'effet de cette décision sur leur sœur. Jacques François de Corday, le père de Charlotte, se lance dans d'innombrables procès, qu'il perd les uns après les autres. C'est un combat contre les moulins à vent. Charlotte, qui a lu le *Quichotte*, utilise souvent cette expression. Elle voit son père lutter avec acharnement contre le déclassement et la précarité. Il aurait pu se battre autrement, travailler, gagner sa vie, faire du commerce, devenir un homme de loi, un avocat. Mais c'est son identité qui est en jeu. Il a l'insupportable sensation de disparaître. Il est très attaché à son statut de gentilhomme, portant l'épée à son flanc. Avec l'énergie de sa fille, il aurait pu sortir de l'ornière. L'épée, c'est elle qui a fini par s'en saisir.

Le fiacre avance à pas lents dans la rue encombrée. Charlotte cherche dans son sac le journal de Marat. N° 241. *Le Publiciste de la République française*, par l'Ami du peuple. En exergue, la phrase en latin *Ut redeat miseris, abeat fortuna superbis.* Qu'il soit rendu aux pauvres. *Fortuna.* La fortune. *Superbis.* Des orgueilleux.

Une phrase qui sonne comme une prière. Elle ferme les yeux. Les mots d'un psaume échappés de sa mémoire lui reviennent : *Innocente-moi de ce qui est caché, protège-moi de la domination des orgueilleux.*

De nombreux témoignages, dans les archives de Vatel, font état du goût de Charlotte Corday pour la lecture. Un tableau de Tony Robert-Fleury la représente en robe blanche au cœur d'un paysage bucolique, un livre ouvert entre les mains, le regard perdu dans le lointain. Au XVIIIe, si certaines femmes bénéficient d'une éducation éclairée, on pense encore que la curiosité cause des dégâts *dans* les femmes. La curiosité, selon une formule de saint Augustin, c'est la concupiscence des yeux. Ce plaisir de l'âme dépasserait le plaisir charnel.

La soif d'apprendre de Charlotte lui vient de l'enfance, de la joie qu'elle éprouvait à lire son livre d'heures. Expurgé de tout ce qui est doux, de tout ce qui est beau, de tout ce qui est violent, il contient ce qu'une bonne paroissienne doit savoir pour aller à l'office. Il y a aussi une bible dans sa chambre, un texte plein de mystère que personne ne songe à lui enlever. Elle lit les psaumes et les cantiques dans le silence de la nuit. C'est une langue belle et joyeuse qui la ravit, elle hume la myrrhe et le figuier, elle se régale de roses et de raisins, elle aime celui qui l'aime. Elle lit à voix haute puis reprend sa lecture silencieuse, enfermant les mots dans son intimité.

Qu'il soit rendu aux pauvres la fortune des orgueilleux. Ces mots en première page du journal de Marat ne sont pas si éloignés de ceux du psaume qu'elle aime tant. L'orgueil fait pourtant référence à autre chose dans sa famille. Il faut se méfier des livres qui font naître des questions inutiles chez les jeunes filles, ne pas réveiller chez elles la démangeaison de savoir. Chez son grand-père, à Cauvigny, un soir après souper, Charlotte descend dans le noir. Dans le petit salon, la porte entrouverte, elle surprend une conversation. Je n'ai plus le courage de lui faire la leçon, dit sa mère. Charlotte pâlit. Elle chérit tant ces heures privilégiées avec elle, même si ces lectures sévères exigent de craindre Dieu. Désormais, c'est son père qui lui fera la leçon. Car il n'est pas question de prendre un précepteur, combien cela coûterait-il d'en avoir un à demeure ? Son père lui apprend le calcul, compter est une chose bien utile quand on a une maison à régler. Et sa mère lui enseigne la modestie, filant avec elle pendant de longues heures dans le silence. Mais Charlotte a de la superbe, son corps s'éveille, elle a envie de vivre, de courir et de jouer. Et il lui arrive aussi de galoper à bride abattue, enfourchant son cheval comme un garçon alors qu'il sied à une jeune fille de monter en amazone.

Le soleil éblouit les passants de cette rue Saint-Honoré qui n'en finit pas. Charlotte aperçoit les tours du vieux Louvre où s'entassent les biens du clergé que l'on a confisqués. Elle pense à son oncle, le curé de Vicques, qui n'a jamais voulu prêter serment, elle éprouve du ressentiment envers ceux qui l'ont poussé à émigrer. C'est lui qui poursuit son éducation avant que son père ne décide d'envoyer Charlotte et sa sœur à l'Abbaye aux Dames. Avec cet oncle, elle apprend les rudiments de latin et les valeurs de la famille toutes ensemble réunies dans l'œuvre de Corneille. Elle le retrouve après la messe. Certains dimanches, elle ne peut s'empêcher de s'opposer à lui et, dérogeant à toutes les règles de bienséance, elle se lève et sort du presbytère en colère, le visage fermé.

Seule au fond du fiacre, Charlotte reprend la lecture du journal de Marat. Elle y trouve un article en réponse à Carra, un journaliste royaliste, comme le sont la plupart de ses connaissances à Caen, y compris son père et nombre d'aristocrates qu'elle considère comme ses amis.

18.

Les archives.

Je me réveille dans un demi-sommeil, la lune joue dans les persiennes. Je suis seule dans cette partie du château et, dans le noir, je guette le moindre bruit, le moindre souffle. J'ai rêvé que j'entrais dans une chambre au bout du couloir, je m'allongeais sur le lit et je fermais les yeux. Des voix derrière le mur diffusaient un son déformé par le temps, des voix de femmes. Je pense à celles qui, lorsqu'elles restaient seules, déambulaient devant les fenêtres avec un candélabre pour faire peur aux rôdeurs et éviter les pillages.

Le fantôme, ce mort qui revient, est de ceux que l'on appelait avec les cousines lors de nos séances de spiritisme. On allumait une bougie, on traçait les lettres de l'alphabet sur une planche, on posait notre index sur un verre retourné. Esprit, es-tu là ? Un silence s'ouvrait autour de nous, soudain habité par les ombres.

Dans ce château, je ressens le passé de manière plus aiguisée. Les archives m'apprendront-elles quelque chose sur le sacrifice de Charlotte Corday ? Mémoire éléphantesque de la famille, elles sont réunies dans l'une des tours. On y accède par le grand salon. C'est une pièce immense qui donne sur le jardin et dont les meubles sont disposés de manière à former des petits recoins – petit salon de conversation, table de jeu cernée de fauteuils pour le bridge, banquette Récamier tapissée de Chintz qui appelle à la langueur –, une pièce qui s'évertue à montrer qu'il est possible que rien ne change vraiment. Un portrait de Louis-Claude, celui à qui l'on doit notre retour en France à la Restauration, fait partie des meubles. C'est une copie, dont l'original se trouve dans un musée de Suède. Peint en 1775, il fait référence à la famille sous l'Ancien Régime, au temps où les deux frères, Dominique et Louis-Claude, vivaient à Orbec, dans le Calvados.

Oncle Horace ouvre une porte, invisible parce qu'elle se fond dans la forêt des motifs vert et bleu de la tenture. Il me devance dans les escaliers – une question de préséance, afin qu'il n'y ait pas d'ambiguïté, que soit épargné à l'homme le désir de poser ses yeux à cet endroit-là, celui de l'origine. Et je me demande combien de ces femmes m'ont précédée ici, il ne me semble pas qu'il y en ait eu beaucoup.

Je regarde vers le haut, quelques pigeons ont fait leur nid sous le toit de la tourelle, une trace est encore visible à l'endroit où elle a été abattue sur ordre du Comité révolutionnaire.

Oncle Horace peine à gravir les dernières marches, il porte une paire de baskets aux pieds, j'imagine l'ancêtre du tableau chaussé de ces souliers modernes. Dans la pièce circulaire règne un fouillis plein de poussière, de papiers et de livres. J'espère y retrouver quelque chose de Charlotte, qui me permettrait de mieux comprendre ce qui se cache derrière son sacrifice.

Un vieux bulbe électrique pendouille, une lumière rasante filtre à travers la lucarne. Je me sens démunie, écrasée par ces siècles de domination. Et alors qu'oncle Horace redescend, j'ai presque envie de courir à sa suite, de lui dire attendez, ne me laissez pas seule, je n'ai pas le courage. Je fais comment ? je lui crie. Qu'est-ce que tu cherches ? me répond-il sans se retourner.

Je cherche quelque chose que les historiens n'auraient pas trouvé, quelque chose qui nous aurait échappé : le journal de Charlotte que Madame de Bretteville aurait pu nous transmettre, puisqu'elle est morte bien après la Révolution. Bien que je ne sois pas certaine que, comme moi, Charlotte écrivait un journal, ce radeau sans lequel je pense que je ne parviendrai pas à me diriger dans l'existence.

Je cherche le carton à dessins de Charlotte, dont on n'a pas retrouvé la trace.

Je cherche quelque chose qui n'existe peut-être pas.

Ce que je trouve, c'est la saga familiale.

19.

Saga de la famille Le Normand de Bretteville.

« Écuyer, vivait l'an 1470 » – tout semble débuter à la date de cet anoblissement qui marque le début de la lignée. Les familles nobles qui vivaient dans la région se côtoyaient. L'une des tantes de Charlotte a épousé l'un de ces « Jean le Normand » au XVIe siècle, c'est pourquoi nous sommes cousines.

Du Normand, appelé le premier du nom, fils de paysan.

On commence à parler ici d'un homme que l'on appelle Jehan, fils du Normand. C'était un homme valeureux qui pendant la guerre de Cent Ans, entrecoupée de trêves et d'affrontements, a dû s'exiler, un baluchon sur l'épaule, dans une contrée voisine. Il était jeune, seize ans à peine, et il partit sans se retourner pour ne pas voir les larmes de sa mère qu'il quittait sans espoir de la revoir, sa mère au ventre toujours gros, au visage creusé. Il est Jehan, fils de paysan, la parcelle est si petite qu'elle ne peut nourrir les neuf enfants qui suivent. C'est une terre prospère, mais trop souvent pillée, les femmes violées, les cochons éventrés. Il est Jehan, fils de Jehan, il doit se sacrifier, partir le premier, servir le roi de France, porter son drapeau, son épée dans les grands régiments. Il marche dans la boue, une pluie fine sur le visage. Une pluie rouge de sang. L'exil, c'est la nuit, c'est la peur, c'est le froid. Ou la chaleur dans les champs, la peau qui suinte, qui pue. La guerre vous prend votre vie. Mais la rumeur dit qu'une jeune fille qui n'a peur de rien est arrivée, quelqu'un l'a vue devant les flots d'hommes en armes. Jeanne, ils l'appellent. Lui aussi, il est Jeanne, la fille au cheval qui vole au-devant des ennemis, quand il a bu l'alcool blanc pour adoucir les jours et faire fuir l'odeur de la mort. Car comment pourrait-on y échapper, à cette garce, quand les Anglais chargent ? Le couteau à la main, il défend quelqu'un d'important, sans le savoir. Un noble le prend comme écuyer, on l'appelle Le Normand, parce qu'il l'est. Parfois, ils traversent les champs de blés mûrs au soleil, il les touche avec ses mains, il les caresse comme les cheveux d'une femme. Car il est fait pour cultiver la terre, pas pour marcher des heures, à attendre, à penser à la mort, à penser qu'on n'est rien. À la fin des guerres, il rentre chez lui non loin de Falaise. Il y acquiert des terres, dont certains fiefs nobles. Ainsi devient-il Jehan, seigneur de Bretteville. Il meurt en 1490 sur sa terre. Sans que l'on sache jamais qui il aima, les yeux ouverts sur la nuit pleine d'étoiles, un parmi des milliards, homme qui gagna sa paix. Jehan, parti à seize ans pour faire une guerre sans âge et à qui une main douce ferma les yeux quand son cœur cessa de battre. C'est le « premier du nom », l'ancêtre. Ses descendants lui doivent loyauté et fidélité. Un devoir qui s'inscrit dans les consciences de manière implicite.

Du mariage du fils de Jehan de Bretteville avec la demoiselle Jeanne du Val (xve siècle).

Le fils de Jehan s'appelle Jean et s'il rencontre Jeanne, est-ce un pur hasard ? Car d'elle, on ne sait rien que par le biais des fils invisibles. Le fils de Jehan n'est plus un guerrier, il chevauche les terres autour de Falaise afin d'accroître son fief. Un fief s'augmente par le mariage et Jeanne a un teint d'Anglaise, la pâleur de celles qui ont été gardées à l'intérieur des demeures. Jean est venu rendre visite à son père afin qu'il lui donne sa fille. Jean aime son silence, sa modestie. La forêt, dit le père à Jean, est traversée de brigands. Il voit dans ce gaillard l'opportunité de faire à nouveau régner l'ordre sur ses terres – car lui n'a que des filles. Jeanne du Val tiendra parfaitement sa maison, elle est douce et pieuse, un peu craintive. Ils se marient un jour de janvier 1488, un grand feu de bois éclaire à mille lieues à la ronde. Elle apporte en dot la demeure de Cesny-en-Cinglais. Et mettra au monde deux garçons, Robert le redoutable et Jean, curé à Valmeray.

La dynastie des Bretteville, ils s'appellent tous Jean, Jacques, Robert, Pierre, François.

Robert le redoutable. Un appétit féroce. Né du corps dont on ne parle pas, de Jeanne, un corps fin au bassin étroit qui ne connut qu'effacement, contrôle, sobriété alimentaire. Aima-t-elle mieux Jean, son second fils, curé de Valmeray ? Ou bien Robert, ce premier fils, qui ne la voyait pas ? Mais rien n'est dit de sa vie, pas même une date, le jour de sa mort, ni même le jour de sa naissance, comme si elle n'avait pas de tombe, comme si elle n'existait pas, elle non plus. Est-elle morte en couches, comme nombre des femmes de cette époque ? Il n'y a dans ces archives rien d'intime, rien de personnel, il faut se couler dans les silences de l'histoire. À lui seul, Robert aurait pu dévorer les terres de tout le canton, parcourant les fiefs, les baronnies et accumulant les actes patrimoniaux comme il est dit dans le dossier *Extensions territoriales et acquisitions*, jusqu'à que la mort ne le fauche en pleine force de l'âge. Mais avant, il épousa Jehanne du Bourg, qui lui donna des fils, qui se marièrent et eurent à leur tour des fils, *ad libitum*.

Pendant six générations.

Puisqu'il y eut Dame Marie Charlotte de Bretteville le Rabet, première fille du XVIIe siècle.

C'est la première naissance d'une fille après six générations de garçons. Bien qu'elle soit richement dotée (une seigneurie et des hectares de terres), elle est restée dans un angle mort de l'histoire. On a beau chercher, on ne trouvera nulle part trace de Marie Charlotte. Elle meurt à quarante-six ans, sans enfants, et selon la formule consacrée : sans postérité. Elle n'a que seize ans à la mort de son père, ce qui la place d'office sous la tutelle de sa mère. Je l'imagine pieuse, avec des penchants mystiques. Solitaire. Peu éduquée. Livrée à elle-même dans ce manoir qu'elle habite seule avec sa mère. On finit par lui trouver un époux, pour sauver l'honneur.

Charlotte de Corday d'Armont.

En tant que cadet de la famille, le père de Charlotte n'a pas les moyens de s'acheter une charge militaire. Charlotte naît donc dans une famille noble sans fortune, mais bien implantée dans le terroir local, un maillage d'entraide et d'unions contractées dans le voisinage qui ne parvient pas à masquer le sentiment de déclassement que son père vit comme une humiliation. Les familles se rassemblent régulièrement. Les deux frères de Charlotte intègrent l'école militaire. Sans dot, Charlotte et sa sœur Jacqueline sont difficiles à marier.

Les derniers feux.

De plus en plus endetté, Louis XVI veut lever un impôt. En Dauphiné, pendant la journée des Tuiles de 1788, les représentants de la province demandent aux assemblées provinciales de refuser l'impôt. En mai 1789, Louis XVI convoque les États généraux. De nombreuses familles nobles refusent de prêter serment à la Constitution. Dans leurs fiefs du Calvados, Louis-Claude et Dominique de Bretteville, comme le père de Charlotte, se voient encore en gentilhommes. Dominique décide de se fondre dans la foule et de vivre avec sa famille dans la clandestinité. Mais sa femme, Élisabeth-Françoise, se saisit de la loi du 20 septembre 1792 qui autorise le divorce. Louis-Claude est inscrit sur la liste des émigrés au nom de Lenormand, surnom Bretteville. Il s'enfuit à Coblence avec Védastine et leurs six enfants âgés de quatre à dix-sept ans. Les deux frères de Charlotte s'engagent dans l'armée des Princes.

Coblence ? Le bastion des contre-révolutionnaires. 140 000 personnes auraient quitté la France entre 1789 et 1800. Nobles, riches bourgeois, prélats. Certains émigrent pour combattre la Révolution de l'extérieur, d'autres pour se soustraire à ses rigueurs.

Que reste-t-il de cette famille ? J'ouvre le répertoire, je cherche les noms de ceux qui vivent encore. Les femmes ont maintenant des noms nordiques.

Hansen, Jacobsen. J'ai envie de savoir s'ils se sentent encore liés à la France. Quelle vision ont-ils de cet exil ? Voilà, Thérèse, qui est née en 1935, elle a quatre-vingts ans. Il y a une adresse à Hellerup. Une fille qui porte le nom de Charlotte et vit au Canada. Deux fils à Copenhague. Sur Facebook, je cherche le profil de ces cousins inconnus et j'envoie un message privé en anglais, j'aimerais rencontrer Thérèse.

20.

Samedi 13 juillet, rue des Cordeliers.

La pièce, petite et sans fenêtre, s'est chargée d'une odeur de soufre. Simonne lui ceint le front d'un madras trempé de vinaigre, ses mains habiles volent autour de sa tête. Marat se laisse faire, il regarde le visage de Simonne, sa chevelure prise dans un bonnet de coton d'où s'échappent des bouclettes brunes qui frisottent avec la vapeur. Il a besoin d'elle et n'aime pas le montrer, se sentir vulnérable. Les souvenirs de la douceur remontent si loin qu'il n'en touche pas le fond.

Bientôt son corps sera pris dans le carcan de la baignoire. En cuivre et d'une forme sabot, elle mesure environ un mètre quinze et comprend un foyer qui permet de maintenir l'eau à chaleur constante. Cette petite merveille technique ne lui appartient pas, Simonne l'a louée au chaudronnier voisin. Il guérira et on se séparera de ce meuble qu'elle réprouve, s'il s'agit de l'utiliser comme les coquettes, avec oisiveté. Sans compter le travail que cela demande chaque jour, de vider la baignoire et de la récurer avant de la remplir à nouveau, de préparer et de doser la médecine dont l'odeur infâme se répand dans tout l'appartement, un appartement qui fait sa fierté, sa joie et qu'elle s'emploie à meubler d'une manière simple et élégante. Sans toutefois s'octroyer les fantaisies auxquelles elle se surprend à rêver parfois. Ici, un joli secrétaire, pour elle. Là, un fauteuil bergère pour lire. Un vase orné d'une branche de lilas sur le guéridon. Ce ne sont que des éclipses, visions fugaces d'un temps délivré des tâches quotidiennes qui ne lui laissent aucun répit. Comme si son esprit ne pouvait s'empêcher d'imaginer un avenir ouvert sur un ciel moins sombre. Simonne pense à tout cela en aidant Marat à entrer dans le bain, car elle ne laisserait personne s'occuper de cela. Il s'assied, elle lui tend sa tablette, une liasse de papier et son encrier selon un rituel qu'ils partagent. Ce matin, en le quittant, elle s'arrête dans l'entrebâillement de la porte et le regarde. Avec cette cuve qui prolonge son corps, Marat ressemble à l'une de ces figures mythologiques, mi-humaines, mi-animales, qu'elle trouvait dans les almanachs de son enfance à côté du calendrier. Sa mère aimait y lire les prédictions.

— Qu'as-tu ? demande Marat.

— Rien, dit Simonne.

Elle referme la porte et c'est dans le couloir que l'image s'impose à elle : une espèce de centaure.

Le voilà seul. Il inspire un grand coup pour se donner l'élan, emplir ses branchies de l'atmosphère liquide, épaisse, propice à la métamorphose. Laisser la place à cet autre qui vit dans le sombre, comme un poisson-lanterne, et ne surgit à la lumière que lorsqu'il l'appelle. Ce personnage, c'est l'Ami du peuple, celui qui voit. N'avait-il pas prédit la fuite du roi ? Avant même que l'idée ne soit parvenue à la conscience de Louis XVI, l'Ami du peuple avait répandu la nouvelle, tel un devin, tel un Cassandre. Qui l'avait cru ? Personne.

L'Ami du peuple est radical, téméraire, cruel aussi. N'hésitant pas à faire couper des têtes pour que surgisse enfin la Vérité, celle dont il fait passion commune avec Rousseau, *Vitam impendere vero*. Consacrer sa vie à la Vérité. Cette Vérité que le peuple mérite et dont il a grand besoin après des siècles d'asservissement et de despotisme.

Les mots de la veille sont à peine séchés qu'il trempe sa plume dans l'encre visqueuse, cherchant l'énergie nécessaire au rythme de l'écriture. Hier, la cible de son courroux était le dénommé Carra, un journaliste qu'il soupçonne de comploter avec les puissances étrangères. On aurait vite fait de remettre le trône à l'un des princes, frère du roi, pour arrêter la Révolution et revenir en arrière. Les rumeurs d'un retour du tyran l'obsèdent, comme tous les bons républicains. Machinalement, il tourne la tête vers le Temple, où l'enfant royal a été confié au couple

Simon. Simon, instituteur à ses heures, est d'ailleurs chargé de faire perdre les idées de son rang à cet enfant de roi et de mettre ainsi fin à la dynastie des Capets.

Marat n'est pas dupe, tant qu'il sera en vie, il y aura des scélérats pour l'appeler Louis XVII et le remettre sur le trône. Et des naïfs pour l'accepter. Ce n'est pas un petit garçon, avait-il répondu à Catherine qui, l'ayant pris en pitié, pleurait comme une femmelette. C'est « le plus grand ennemi » de la Révolution, tiens-le-toi pour dit, citoyenne. Il porte cela dans son sang et il faudra une vie pour extirper à ce rejeton le poison de ses ancêtres. On ne peut faire aucune concession aux créatures de la race de Louis Capet. Ce sont des fripons, des damnés. Et en disant cela il avait frappé sur la table, une chose qu'il n'aime pas faire, parce qu'elle lui rappelle ces hommes qui frappent leurs femmes et qu'il voit apparaître dans l'œil de Catherine, de Simonne et de Jeannette cette lueur craintive qui ne leur ressemble pas. Jamais il ne lui viendrait l'idée de leur faire du mal. Mais cette colère qui bouillonne en lui comme un chaudron brûlant, une humeur noire, il la connaît et il la chérit. Cette passion, c'est celle de la justice. Elle est inscrite au fronton de son journal et il en est fier. *Ut redeat miseris, absent fortuna superbis.* Car rien de superflu ne saurait appartenir à certains, tandis que d'autres manquent du nécessaire. Cette colère, il la revendique. Si le petit roi doit en souffrir, ce n'est que justice. Et s'il a « conseillé d'abattre cent têtes criminelles, c'était pour en épargner cinq cent mille innocentes ».

Mais il a dû apprendre à dompter sa colère, à la rendre plus douce, plus policée. Sa fonction de député a mis fin aux grandes tirades incendiaires de son premier journal, *L'Ami du peuple*, qui lui ont valu les foudres de ses ennemis et de la censure. Ce journal, qui titrait avec fierté en première page « Journal politique et impartial », n'avait pas les faveurs de Mirabeau, ni de tous ceux qui souhaitaient ménager la chèvre et le chou.

Il n'y a pourtant qu'une seule manière de dire la vérité au peuple, de défendre ses droits et de « rappeler aux principes » ceux qui s'en écartent. Demain dimanche 14 juillet, jour de la fête de la Fédération, il entend donner le témoignage de deux soldats volontaires dans l'armée du Rhin. Simonne lui a porté leurs courriers il y a deux jours. L'un se nomme Misobalile, l'autre, Ferel. Deux ennemis des rois. Tous deux ont fait au Comité de salut public le récit des basses œuvres du général Custine aux frontières du Rhin. Ce sont des preuves irréfutables de sa trahison. Cela fait assez longtemps que Marat dénonce l'encadrement des troupes révolutionnaires par des officiers issus de la noblesse. N'ont-ils pas servi le roi dans les armées de l'Ancien Régime ? De là à dire qu'ils sont prêts à faire massacrer les armées révolutionnaires pour laisser entrer les ennemis autrichiens et l'armée des Princes, c'est un pas qu'il n'a pas peur de franchir. Il écrit : « Custine a calomnié la brave armée du Rhin, il est de mon devoir de vous dire la vérité. »

Un centaure. Cette vision est suspendue dans les pensées de Simonne, elle épingle son chapeau devant le miroir de l'entrée avant de se rendre à l'imprimerie. Ce qu'elle connaît de Marat se cantonne à ce qui est nécessaire. S'il y a chez lui une âme trouble, complexe et inquiétante, elle la rattache à son génie et préfère rester au seuil d'un monde qu'elle ne se sent pas capable de comprendre.

Simonne n'aime pas se laisser entraîner dans les méandres de ces pensées qui la blessent. Les questions qui se posent sont toujours balayées par les contingences matérielles et par l'urgence de la situation politique. C'est dans ce creuset-là, celui de l'adversité et du bouillonnement, qu'elle a rencontré Marat. D'abord au club des Cordeliers, où elle l'apercevait de loin en loin, puis à l'imprimerie où elle travaillait à ses côtés. Il y eut toujours, entre eux, une certaine complicité, il la regardait avec attention, curieux de ses initiatives. Et puis soudain, elle avait senti son cœur s'embraser et elle s'était mise à rougir en sa présence. Elle qui a toujours tant de réserve. À vingt-huit ans, elle s'était résignée à être, comme on les appelait en ville, une « vieille fille ». Elle pouvait vivre de son travail et n'avait de comptes à rendre à personne.

Elle traverse la rue en direction de l'ancien couvent qui donne sur le cloître et les jardins à l'abandon. Elle pousse la porte de l'imprimerie. L'odeur d'encre, de papier chiffon et la fraîcheur qui règne entre ces murs font remonter les souvenirs de son enfance à Tournus, quand elle pénétrait dans le sanctuaire de l'école de la Charité. Il y faisait froid même en plein été, elle y trouvait la paix, loin de la frénésie des pêcheurs, des bagarres de contrebandiers, loin du quartier maudit où son père, charpentier dans une fabrique de bateaux, avait sa maison. Elle aimait les jours de neige sur les collines, l'odeur des moissons, les dimanches au bord de l'eau. Rien n'égale cette sensation qui l'envahit chaque fois qu'elle pénètre dans l'imprimerie. C'est le plaisir que lui procuraient les heures d'étude, volées au temps présent, et l'intuition qu'elles lui ouvraient une porte vers la liberté.

Les presses sont adossées au mur, l'ouvrier typographe est occupé à aligner des lettres dans un composteur. Quatorze heures d'un travail sans relâche. Certains des ouvriers sont là depuis le début, ils ont connu ces moments où les journaux étaient confisqués par les milices privées, les scellés mis sur la porte. La liberté de la presse est toujours menacée, elle tient à un fil. Quelques feuillets imprimés sèchent encore comme du linge, Simonne les attrape, se dit qu'ils ne pèsent pas lourd contre l'esprit de vengeance, l'aveuglement, le despotisme. Parfois, elle se surprend à penser que tout cela ne sert à rien, à penser qu'aucun mot ne parviendra jamais à rendre le monde meilleur. Que ce n'est qu'une illusion. Chaque jour est un combat pour que les mots adviennent.

Les journaux de ce matin ont déjà quitté l'imprimerie, certains sont vendus à la criée dans les kiosques, ou distribués par les colporteurs. Les ouvriers ont travaillé la nuit, l'apprenti est occupé à laver les caractères dans un bain de potasse. Il faudra remplacer certaines casses abîmées et faire une commande de papier chiffon. L'encre est préparée sur place. Marie Aubain lessive le sol, Simonne trie le courrier et tient les abonnements à jour. Un extrait du journal est épinglé sur le mur.

« On souscrit à Paris, chez M. Luciot, libraire, quai de l'école, N° 4. Et chez les secrétaires des sociétés patriotiques, affiliées aux jacobins, dans tous les départements. Le prix de la souscription est de 36 livres par an, 20 livres pour six mois, et 12 livres pour trois mois, franc de port. On est prié d'affranchir tout ce qui sera adressé pour ce journal. »

Elle se souvient que Marat a demandé que soit imprimé un surplus d'exemplaires à envoyer aux soldats sur le front du Rhin. Puis elle attrape une pile de feuillets sur le bord d'une table. D'un format in-quarto, ils sont semblables au journal qui est sorti des presses ce matin, ils comportent le même titre, *Le Publiciste de la République*, la même mise en pages, la même phrase en exergue. Mais ce sont de faux numéros, des contrefaçons destinées à calomnier Marat et à réveiller la censure. Ses petits espions ont fait du bon travail.

21.

Jeannette traverse la rue de Rivoli. Son panier ne pèse pas lourd. Avec l'argent qui restait, elle a pu obtenir de la cervelle et du ris de veau. Marat reçoit un invité dimanche, un certain Grieve, qui vient de Londres. Elle garde les ris pour l'occasion et fera la cervelle aujourd'hui. Tout en marchant, Jeannette a mauvaise conscience. Sa grand-mère de Draguignan disait toujours : le mou, c'est bon pour les bourreaux. Parce que les bourreaux, on ne les payait qu'en nature. On leur disait, allez au marché, on vous donnera de quoi manger. Mais qui veut nourrir celui qui pourrait vous écarteler demain ? Personne ! On leur donnait du cervelet. Le frère de sa grand-mère est mort sur la roue, un supplice qu'elle ne souhaite à personne. Aujourd'hui, on a la guillotine, cette machine à rendre la justice du peuple. Non, la cervelle ne lui dit rien qui vaille.

Perdue dans ses pensées, Jeannette s'engage dans la rue qui mène au Pont-Neuf. Il y règne une grande agitation, une charrette à foin s'est renversée, des volailles se sont échappées, elles volent en tous sens et caquettent à gorge déployée, pendant que les citoyens s'efforcent de remettre sur pied la voiture branlante.

22.

Agacée, Charlotte regarde autour d'elle. Tout dans cette ville est poussière, foisonnement, saleté. Elle a tant rêvé de Paris qu'elle pressait son amie Rosalie d'écrire plus fréquemment. Allait-elle à l'Opéra ? Se promenait-elle dans les jardins ? « Si vous m'écriviez aussi souvent que je le désire, je pourrais encore avoir d'agréables moments et rire parfois des jolis récits que vous me feriez de vos plaisirs. » Les mots de cette missive lui semblent aujourd'hui indécents, tels ces bavardages interdits et ces rires qui fusaient dans le réfectoire de l'Abbaye aux Dames.

Elle a appris la veille que Marat est malade et qu'il ne quitte pas son appartement. Elle aurait pourtant préféré tuer le député à la Convention. « Au sommet de la Montagne », comme elle le dira plus tard, afin que chacun puisse y assister. Elle n'aurait eu aucune chance de s'échapper, elle le sait. Aujourd'hui, les plans ont changé, elle doit parvenir à entrer chez Marat sans attirer l'attention. Elle se tourne à nouveau vers le cocher qui s'efforce tant bien que mal de se frayer un chemin dans la circulation. À Caen, elle a entendu qu'il est question de tuer Marat et elle a choisi de devancer la troupe des jeunes hommes qui sont en route pour Paris. *Il ne méritait pas tant d'honneur, il suffisait de la main d'une femme*, écrira-t-elle à Barbaroux. Charlotte sent monter en elle une détermination pleine de bravoure. Elle espère ainsi leur sauver la vie, la sienne a si peu d'importance. Son sacrifice lui semble préférable à celui de ces jeunes soldats.

Et si elle échouait ? L'idée de revenir à ces jours sans fin la désespère, une vie vouée à attendre. Son cœur s'affole à l'idée de se retrouver autour d'une tisane de sauge, à évoquer les souvenirs du passage du roi à Caen lors de sa visite à Cherbourg, en 1786. Sa tante aime faire le récit de cette parenthèse enchantée, un voyage qui a rendu le roi si heureux, loin de la Cour capricieuse. Il jouit d'être acclamé et il accepte d'être touché par ses sujets, comme un bon père de famille. Il ne vient à personne l'idée de critiquer ce roi qui déborde d'amour. Madame de Bretteville décrit, avec ravissement, les vaisseaux dans la rade de Cherbourg, les illuminations et les cloches qui battent à toute volée dans la nuit. C'est une conteuse hors pair lorsqu'il s'agit de revenir en arrière.

Mais il y a toujours ce moment où, n'y tenant plus, Charlotte lui rappelle Varennes. Pardon ? demande

Madame de Bretteville. Varennes, ma tante, la fuite du roi, son arrestation dans une petite bicoque sans prétention, le silence de mort quand il est apparu à son peuple. Son peuple qu'il a trahi. Son peuple dont il n'a pas entendu la souffrance. Il y a toujours ce moment où, détournant sa tante de son rêve éveillé, Charlotte ne peut s'empêcher de prendre le contre-pied. Une colère qui la submerge parfois face à son père. Elle ne manque pas une occasion de s'opposer à sa rigidité, à son regard qui l'enferme dans un carcan. C'est la raison pour laquelle, après avoir quitté l'Abbaye, elle a fini par accepter l'offre de sa tante. Éléonore, sa sœur, est restée vivre avec leur père.

D'ailleurs, il faut penser à l'avenir et Madame de Bretteville fait le lien entre Charlotte et « ce monde » auquel elle n'est pas préparée. Elle lui enseigne cet art de plaire sophistiqué. Grâce, beauté, esprit. Il y a d'autres manières de se sauver soi-même que de donner son âme à Dieu. Il faut, voyez-vous, se conduire avec modestie, tout en faisant valoir ses atouts, négocier ce savant dosage de vertu et de coquetterie, un jeu à fleuret moucheté, un rôle à apprendre par cœur. Car en quittant le couvent, Charlotte risque de disparaître aux yeux du monde, de devenir une chose inutile, une « ni vierge, ni épouse, ni veuve », comme dit Shakespeare.

Madame de Bretteville porte l'Ancien Régime comme un étendard. Elle a perdu sa fille, Anne Charlotte, cinq ans auparavant et prend son rôle à cœur. Pour elle, l'avenir de Charlotte se présente sous le visage de tel ou tel gentilhomme. Certains sont veufs ou en passe de l'être, d'autres sont des cadets, comme son père, plus enclins à accepter une fille moins jeune et moins dotée, d'autres ont l'honneur de servir dans l'armée des Princes, ce qui n'empêcherait nullement de signer une promesse de mariage qui laisserait à Charlotte le temps de s'habituer. La dot, Madame de Bretteville s'en porte garante.

Charlotte a l'esprit railleur. Elle se demande si sa tante ne lit pas *Les Amours du Chevalier de Faublas*, un roman libertin qui conte les aventures d'un jeune aristocrate provincial. À sa manière moqueuse, enjôleuse mais sans concession, Charlotte ne lui cédera rien sur ce terrain du mariage.

Plutôt mourir.

En attendant, elle s'impatiente. Une volaille a grimpé sur le marchepied du fiacre, elle la considère avec cette sorte de regard compréhensif que l'on prête parfois aux animaux. Charlotte rit, cachant sa bouche avec le journal de Marat. On ne voit plus que ses yeux, sa gorge ronde qui se soulève. Un jeune homme passe, il lui sourit et, ayant reconnu le journal, il ôte son bonnet et se penche en avant, dans une jolie révérence.

Elle pourrait tout oublier. Oublier qui elle est. Fuir. Passer en Angleterre. Être une femme libre. Cette idée est tellement vaste qu'elle lui donne le vertige.

Et il y a le couteau, avec sa gaine en peau de chagrin. C'est la description qu'en fera le commissaire, dans le procès-verbal de flagrant délit. Comme une peau de chagrin, son univers a rétréci au point de tenir tout entier dans ce fourreau en cuir.

23.

Dans le train du retour, je réalise la disproportion entre l'histoire de mon grand-père et celle d'Amatxi, restée dans les limbes. On sait aujourd'hui à quel point il est difficile de retrouver des traces du quotidien des femmes. Souvent, elles brûlent leurs lettres, leurs journaux. Avant de mourir, pour *mettre de l'ordre* dans leurs affaires, elles effacent les traces de leur passage.

Ainsi était ma grand-mère. Elle n'avait pas seulement mis au rebut les meubles et les bijoux qui lui venaient de sa propre famille, elle avait aussi enseveli son chagrin dans le placard à linge. Le linge, symbole du trousseau, de l'intime, se transmet de mère en fille avec les draps. Cette boîte déposée là, espérant qu'elle serait brûlée à sa mort par ses descendantes, contenait des documents disparates. J'avais bravé l'interdit, ne souhaitant pas que l'on enfouisse un secret de famille qui aurait pu se révéler plus néfaste que mon crime.

Ce que je trouve dans la boîte d'Amatxi ressemble à un rébus : le dessin du blason Bretteville, sans doute destiné à une chevalière, marqué des armes de la famille, et les lettres échangées entre elle et mon grand-père au sujet de leur mariage.

Robert, le père de mon grand-père, est en désaccord absolu. Il vit dans la hantise que se répète l'histoire de son propre père, celui qui est parti sans laisser d'adresse, qui les a abandonnés lui et sa sœur. Sans doute veut-il réparer ce grand vide en mariant son fils, comme il se doit, avec « une fille de bonne famille ». Mieux vaut un bon mariage de raison que des amours déraisonnables, écrit-il.

Dans la boîte, il y a aussi la trace d'un enfant. Le premier, un fils. C'était en quelque sorte l'enfant qu'Amatxi apportait en dot, puisque l'arrière-grand-père avait fini par céder. Ainsi, elle se rachèterait. Mais l'enfant est mort-né. Elle m'a confié son chagrin : elle pensait à cet enfant tous les jours et regrettait de ne pas avoir vu son visage. Pendant des années, cet enfant m'a obsédée. Aucune trace, bien entendu, dans le livret de famille. Je l'ai cherché partout, j'ai envoyé des lettres aux maternités, j'ai fouillé les cimetières pour savoir où il était enseveli. Je ne l'ai jamais trouvé, parce qu'à l'époque, l'enfant mort à la naissance n'avait aucun statut. Mon dernier espoir se trouvait à Mouriès, où Amatxi avait dit qu'il restait une sépulture aux côtés de ses parents. L'employée de la mairie consulte les registres des inhumations. Elle me confirme que personne n'a ouvert la tombe en 1942 pour y mettre le corps d'un bébé mort, à l'endroit où, pourtant, elle avait dit qu'il était enterré.

Au-delà de la perte, cet enfant représentait pour Amatxi la déception d'avoir « failli à son devoir ». Celui d'offrir à son époux le fils qui porterait « le nom », un nom dont on lui signifiait qu'elle n'était pas digne, elle, une femme sans histoire.

Je ne pouvais me satisfaire de ce silence. La veille de sa mort, Amatxi m'avait demandé si j'écrivais toujours et je me sentais liée à cette dernière volonté-là, bien plus qu'à celle de brûler ses papiers. Je cherchais donc un peu en aveugle, à partir des quelques prénoms qu'elle avait notés dans un carnet d'adresses. C'est à Orthez que j'ai retrouvé les traces de sa famille. Suzanne, sa grand-mère, était domestique chez un notable de la ville. Elle avait dix enfants et était mariée à Damian, un enfant trouvé, d'après les informations que j'avais pu obtenir auprès de la mairie. Pendant quelque temps, ce prénom me fit rêver. D'où était-il, cet homme ? De quel pays du Sud ou du Caucase ? Frustrée par cette impasse, je décidai de commander un kit ADN. Je prélevai quelques gouttes de salive que je renvoyai. Quelques semaines plus tard, les résultats sont arrivés. Je constatai que près de 70 % de mes origines provenaient du sud de l'Europe (péninsule Ibérique, Sardaigne, Italie) et 12 % seulement de Scandinavie. Les résultats comportaient une carte, et des zones de couleur. La verte était positionnée sur la péninsule Ibérique, la Corse et la Sardaigne. La violette englobait la France, l'Allemagne, les Pays-Bas. L'abricot recouvrait toute l'Italie. Sans être complètement convaincue de la fiabilité de ces tests, mon imaginaire s'en trouvait irrigué.

J'avais envie de revenir à ce moment où, dans le bain, ma grand-mère me disait que j'avais du sang bleu qu'elle n'avait pas. J'avais envie de lui dire, tu as vu d'où on vient, toi et moi ? On a le même sang multicolore. Je me serais levée et j'aurais jeté mes bras mouillés autour de son cou. Elle aurait ri en disant, on éclabousse tout. À la place de la boîte fermée, qui étouffait sous la poussière et les non-dits, je préférais le mystère de ces ronds de couleur qui ne disaient rien de très précis mais qui nous laissaient la possibilité de respirer.

24.

Samedi 13 juillet, Charlotte.

Le fiacre file sur le quai des Augustins pour rattraper sa course. Charlotte jette le journal de Marat par-dessus bord. La Seine a une couleur opaque, l'air est chargé de savon et de pourriture. Le cheval se faufile au petit trot entre les vendeuses de loterie et les marchands de prunes. Le temps qui reste s'amenuise jusqu'au quartier de Marat, sa rue, sa porte, sa maison.

Charlotte est déterminée à s'introduire chez lui. Elle se fera passer pour une jeune fille simple chargée de lui transmettre un message. Elle se demande s'il ressemble vraiment à la description que l'on fait de lui, une bête féroce et dégoûtante. Et qui lui ouvrira la porte ? Lui-même ou l'un de ces patriotes au bonnet rouge ? Ces hommes sans foi ni loi, qui sèment la terreur en ville, la terrifient. C'est ainsi qu'elle se les imagine, ayant été témoin à Caen de la violence des émeutes.

À Caen, Charlotte lit Rousseau et l'abbé Raynal. Elle a de grandes espérances. Y trouve-t-elle des résonances avec les lectures pieuses que lui donnait l'Abbesse ? À l'Abbaye, elle se passionnait pour la lecture des saintes et des martyrs. L'homme bon mais poreux, perméable au péché, avait besoin pour donner le meilleur de lui-même, d'une religion ou d'une République pour s'élever à la vertu.

Elle dira lors de son procès qu'elle était républicaine bien avant la Révolution et ne veut pas qu'on se méprenne sur son geste : ce n'est pas le royaume qu'elle défend, ni la Cour corrompue jusqu'à la moelle.

La Révolution, elle y a cru et elle l'a défendue, contre toute attente, face à ses frères qui se sont empressés de rejoindre l'armée des Princes à l'étranger. Dans sa famille on voit d'un mauvais œil sa passion des philosophes et la manière dont elle prend la parole pour exprimer des idées politiques, parfois avec violence. Cela ne sied pas à une femme, lui dit Madame de Bretteville. N'oubliez pas qu'à une femme, il ne sera pas pardonné de n'être pas modeste. La modestie et tous ces mots qui lui sont attachés : humilité, abnégation, douceur, déférence.

Mais le cheval s'est arrêté, il y a un attroupement. Charlotte regarde les débris de bois et la grosse tache d'huile qui flottent sur l'eau du fleuve. Dans sa colère, il n'y a pas que la haine d'un seul homme. Ce qu'elle éprouve, inconsciemment, c'est une rage sourde contre le faisceau d'injonctions et de règles immémoriales qui l'emprisonnent. Une colère qu'elle perçoit et cache tant bien que mal. On lui prête dans sa famille un caractère impétueux, celui d'une femme qui est capable de sortir de ses gonds.

Dans les premiers temps, la Révolution apporte une bouffée d'air frais dans l'atmosphère compassée de sa province normande. Mais Charlotte est traversée par différents courants. Marquée par son éducation stricte et sa foi religieuse, elle n'accepte pas la mort de Louis XVI, ni le sort réservé aux prêtres. Cela ne l'empêche pas de s'ouvrir aux idées républicaines qui choquent son entourage royaliste. Elle se sent proche des idées girondines mais aspire à une République idéale nourrie par ses lectures sur l'Antiquité grecque et romaine.

La fermeture des couvents, dont elle fait les frais, la plonge dans l'inconnu. Le réseau familial et amical est dispersé, son rôle auprès de l'Abbesse n'a plus lieu d'être, comme les cours de dentelle qu'elle aimait prodiguer aux jeunes sœurs. Ses espérances disparaissent définitivement dans le brasier de feu et de sang qui ne cesse de croître dans le pays. La Révolution n'a pas suffi à enrayer la disette, ni la pauvreté. Et les émeutes autour de la halle aux grains de Caen se sont soldées par le massacre du major de Belsunce le 12 août 1789.

Que vaut la vie ? Parfois moins que rien. Elle écrit à son amie, Mademoiselle Loyer, « on ne meurt qu'une fois, et ce qui me rassure contre les horreurs de notre situation, c'est que personne ne perdra en me perdant ».

Et elle le pense encore.

25.

Tant de projets sont encore en germe dans la tête de Marat. Depuis qu'il a cessé d'aller aux assemblées, les femmes ont l'œil rivé sur lui. Cloîtré dans cet univers ouaté, chaud, renfermé, il n'entend plus les rumeurs de la ville. Tu veux quelque chose ? lui demande Catherine. Un sirop d'orgeat, s'il te plaît. Le médecin dit que tu empoisonnes ton sang avec le sucre, citoyen Marat.

Ces mots l'agacent. N'est-il pas médecin lui-même ? Il a étudié à Londres tout ce que l'on peut savoir sur le fonctionnement du corps. Il a soigné les coquins du comte d'Artois à son retour de Londres. Et la marquise de Laubespine, un souvenir délicieux.

Apporte-moi plutôt un livre, Rousseau, le *Contrat social*, il le connaît par cœur. Pourquoi pas *La Nouvelle Héloïse* ? C'est l'histoire d'une passion impossible qui lui rappelle ce moment si intense de sa jeunesse où tout en lui s'est cristallisé, les sentiments, la passion amoureuse et celle de la politique. Marat est un jeune homme téméraire, obstiné et épris de justice. Dans les années 1770, il termine ses études de médecine en Angleterre. Tout est matière à comprendre le corps, cette machine si perfectionnée, si précise. Le fonctionnement de l'œil l'intéresse particulièrement. Comment se peut-il que de cette sphère aqueuse, parfaite, surgissent des images et des couleurs ? Marat étudie aussi les mécanismes du cerveau humain et l'électricité médicale. Le lien entre le corps et l'âme le fascine.

À Londres, il rencontre Angelica Kauffmann. La villa qu'elle habite est le lieu de nombreuses festivités. Des artistes, des actrices et une foule de snobs gravitent autour d'elle. Tout Londres bruisse autour de cette jeune peintre que la reine Charlotte en personne a reçue dans son palais de Buckingham. Cela le surprend toujours lorsqu'en sortant du pub, le Slaughter's Coffeehouse, après une réunion politique, l'habit imprégné de l'odeur de *stout* et de fumée, il se retrouve soudain dans l'atmosphère feutrée de la maison d'Angelica. Celle-ci l'a invité à Harewood House, lors de son passage à Newcastle où il exerce la médecine. C'est la demeure de Lord Lascelles, un richissime planteur des Antilles, située au cœur du Yorkshire. Le paysage s'étire jusqu'aux Moors, une lande sauvage où s'assombrit déjà le mauve des bruyères. Harewood House. C'est le souvenir d'un éblouissement qu'il tentera de décrire dans son *Roman de cœur*, à son retour à Londres.

Angelica Kauffmann l'attend dans le salon de musique. Il l'aperçoit, dans le reflet de la fenêtre, vêtue d'une robe de drap blanc. Elle chante en italien. Il reste un moment dans l'ombre à la regarder dans le soleil rasant, ses boucles brunes tombent dans son dos, elle penche un peu la tête en s'écartant de la toile. Angelica l'aperçoit, elle lui montre les tableaux qui orneront bientôt le plafond, ils représentent le concours de musique entre Apollon et Marsyas.

Dans le jardin, un savant dessin de buis taillés à la française et d'immenses bacs plantés de lauriers blancs, elle glisse son bras sous le sien, il respire son parfum de cyprès. Les lieux fourmillent de domestiques, de jardiniers, d'architectes occupés à dessiner, d'ouvriers qui s'affairent. Des hommes noirs en livrée lui rappellent son séjour à Bordeaux en 1760, où il officie à l'âge de seize ans comme précepteur chez un armateur. Sous le soleil de cette fin d'après-midi, les collines sont teintées d'or et de pourpre, ils empruntent une allée qui mène à un verger. Elle marche à ses côtés en devisant, il aime sa spontanéité, lui qui vient d'une famille aux mœurs plus austères. Bien qu'elle ait été élevée en Suisse comme lui, Angelica a voyagé et bénéficié d'une éducation très libre. Sa voix est mélodieuse, changeante. Où avez-vous appris à chanter ? lui demande-t-il. En Italie, répond-elle. Une ombre passe sur son visage. Marat est plus à l'aise avec les ombres. La rumeur selon laquelle son premier mari l'a trahie et spoliée a fait le tour de Londres. Angelica le mène au jardin des Simples. Connaissez-vous le remède contre les insomnies ? La lavande et l'hysope, la mauve et la mélisse s'abandonnent dans un heureux désordre – ils cherchent ensemble la valériane, une fleur rose vif.

Elle pose un doigt sur son front, à l'endroit où il a une petite cicatrice, celle qu'enfant il s'est faite en sautant de la fenêtre de la chambre pour échapper à la punition de son père. Pendant deux jours, il avait refusé de manger et chaque bouchée qu'il recrachait était une victoire sur lui-même, jusqu'à ce que son père, furieux, ne l'enferme dans sa chambre. Trop fier pour tambouriner à la porte, il avait ouvert la fenêtre et, en sautant sur les pavés pour s'enfuir par la ruelle, il s'était blessé à la tête. Elle le regarde plus intensément.

— Voyez-vous, dit Angelica, reprenant le cours de leur discussion dans le salon de musique, ce que je sens, c'est qu'il y a en l'homme à la fois Apollon et Marsyas.

— Apollon, dit Marat, ce serait l'ordre et l'harmonie. Et Marsyas ?

Elle se tourne vers lui. Des fleurs duveteuses flottent dans l'air léger et s'accrochent à ses cheveux.

— Marsyas défie Apollon en jouant de l'aulos mieux que lui, alors Apollon le tue. Le satyre meurt, dans d'atroces souffrances.

Marat la regarde. L'air réjoui d'Angelica le fait sourire.

— Mérite-t-il un sort si cruel ?

— Au contraire, répond-elle, Marsyas, c'est le chaos, le talent. Tout ce qui, en nous, n'est pas civilisé, contraint, entravé.

Marat se met à écrire. Médecin le jour, il écrit la nuit à la lumière d'une bougie, en buvant « du café à l'eau ». Sa liaison avec Angelica ne dure pas. Il écrit en 1771 *Les Aventures du jeune comte Potowski : un roman de cœur*, où se mêlent amour et politique. Et des essais philosophiques sur l'âme humaine.

Marat est marqué par Londres, une cité foisonnante où les prémices de la révolution américaine se font sentir. C'est dans ce contexte qu'il écrit *Les Chaînes de l'esclavage*, analysant le fonctionnement des régimes politiques comme il l'a fait des corps. Marat considère ce livre comme son travail le plus accompli. C'est d'ailleurs le seul qu'il ne publiera pas de manière anonyme, mais sous le nom de Jean-Paul Marat, ajoutant à ce moment un *t* à son nom d'origine.

Mais Marat rêve de gloire et ses découvertes scientifiques, comme ses livres, ne trouvent pas l'accueil qu'il espère. Sans doute aurait-il aussi aimé répondre au désir de son père, qui « n'aspira jamais à faire autre chose de (son fils) qu'un savant ». En 1776, il rentre à Paris où il est engagé comme médecin des gardes du comte d'Artois. Ensuite, il disparaît. Entre 1786 et 1788, les biographes l'attestent, on perd la trace de

Marat jusqu'à la Révolution. Il sombre dans un de ces trous noirs ménagés par l'espace et le temps.

L'homme du passé a le droit à l'oubli.

À quarante-cinq ans, il rédige son testament. Qui n'a éprouvé le sentiment de ne se sentir à sa place nulle part ? En proie à une crise intense d'identité, il se cache, se terre – il peine à trouver dans son parcours une cohérence. Est-ce cette vie double, entre deux chaises, insatisfaisante, qui a fini par lui sauter à la figure ? Est-ce de la fatigue, du surmenage, la recrudescence d'une maladie inflammatoire qui l'a poussé à disparaître pendant trois ans ? Ou une immense lassitude de vivre que chaque homme éprouve, parfois.

26.

Dufour, le libraire, se trouve dans la rue des Cordeliers, quand il voit arriver le fiacre qui s'arrête devant le numéro 30. Marat n'est pas à l'article de la mort, il reçoit des visites. Dans la rue, tout le monde s'épie. Le 9 juillet, Roux, le chef des Enragés, est entré chez Marat alors que l'Anglais, George Grieve, était déjà dans la place. Il y a eu une altercation, Roux est ressorti furieux. Tout le quartier est au courant. Dufour sait aussi que Grieve déjeune chez Marat dimanche. Il se demande si l'Anglais a trouvé le moyen de coincer celle qu'on appelle « la » Du Barry. Les allers-retours entre Londres et Paris de l'ancienne favorite de Louis XV ne passent pas inaperçus et Dufour ne donne pas cher de sa peau.

La porte cochère est entrouverte, Charlotte pénètre dans l'immeuble, vêtue de sa robe brune et d'un bonnet de coton. La portière, Marie Aubain, discute avec Jeannette la cuisinière quand la jeune dame fait mine de monter. Ce n'est pas une femme du peuple. Marie ne l'a jamais vue, et Simonne lui a ordonné de ne laisser entrer personne. Que voulez-vous ? demande Marie alors que Charlotte est déjà dans l'escalier. Marat est malade et il ne reçoit pas. C'est le mot d'ordre. Charlotte dit que c'est important, qu'elle a un message à lui transmettre. Marie hésite, elle finit par lui indiquer le premier étage. C'est Simonne, elle-même, qui lui ouvre la porte de l'appartement. Elle dévisage l'inconnue. Marat est très incommodé, répète-t-elle, il ne reçoit pas. Charlotte insiste. Si tu veux le voir, il faut lui faire une requête par écrit, déclare Simonne. Et lorsque Charlotte lui demande si elle peut espérer une réponse ce jour, la réponse de Simonne claque : il vous le fera savoir.

DEUXIÈME PARTIE

1.

Cagliari, Sardaigne.

C'est dimanche à Cagliari, la ville est presque déserte. Les gens se pressent pour aller à la plage du Poetto, moi, j'emprunte le petit sentier qui mène au Sanctuaire Nostra Signora di Bonaria, je pose mes pas dans ceux du père de Jean-Paul Marat sur cette terre rouge au milieu des eucalyptus, des pins d'Alep et des genévriers. Juan Salvator a seize ans à peine quand il entre dans les ordres, en tant que « Frater Salvator Mara ». Il est né dans le quartier de La Marina.

Antonio Mara, son grand-père, était peut-être un émigré espagnol ou argentin. La Sainte de Bonaria est connue pour sauver la vie des pêcheurs et des navigateurs qui échouent sur les côtes sardes. Une légende raconte que, dans les temps anciens, les religieux de l'ordre de la Merci se livraient en personne aux pirates, pour libérer des captifs réduits en esclavage par les Maures. Les mercédaires sont un ordre rédempteur, un ordre de rachat. Il faut être prêt à donner sa vie contre celle d'un autre. Juan Salvator, le père de Marat, entre très jeune dans l'ordre de la Merci. Il étudie la philosophie et la théologie, mais aussi la médecine, la chimie et le dessin.

Je lis dans la brochure de l'ordre de la Merci qu'elle se consacre aux nouvelles formes d'esclavage social, politique et psychologique qui existent dans la société humaine et qui se révèlent aussi pernicieuses que l'oppression et l'esclavage d'antan.

Un fil invisible semble relier Marat à cette terre. Une terre qu'il ne connaîtra jamais, mais qui coule dans ses veines avec la langue paternelle, l'italien, où flottent des résonances sardes et espagnoles. C'est aussi en Sardaigne qu'est né bien plus tard Antonio Gramsci, un autre révolutionnaire, un homme qui a lutté contre la pauvreté sur cette île de cailloux, écrasée de chaleur, où pendant longtemps même les olives sont difficiles à cultiver. La Sardaigne est un peuple de bergers et de mineurs. Longtemps ils ne parviennent pas à se rebeller contre le joug du royaume italien qui les maintient sous une chape de plomb, les méprise. Antonio Gramsci évoque Jésus comme l'un des premiers révolutionnaires, un homme qui n'était pas indifférent. « Un homme, écrit-il, ne peut vivre véritablement sans être un citoyen et sans résister. » Il se considérait avant tout comme un journaliste et son journal s'appelait *Le Cri du peuple*. Une drôle de coïncidence.

Je suis venue ici pour en savoir plus sur Juan Antonio Mara. On lit souvent dans les notices encyclopédiques qu'il est un curé défroqué. Le mot « défroqué » a des relents de luxure, un mot vieux, sale, qui laisse une tache indélébile sur ceux qui quittent l'institution. On imagine l'homme soumis à ses pulsions, celui qui a péché, qui a fricoté avec des femmes. Mais l'histoire du père de Marat est tout autre. En 1735, à Ozieri, au cœur du pays sarde, il a mis sur pied la première école de langue latine et belles lettres. Et il se rebelle contre le pape qui lui réclame un impôt susceptible d'écraser son projet pédagogique. Écœuré par la corruption qui gangrène son Église et le royaume, il s'élève contre ce pouvoir arbitraire. Mais qui est-il, ce moine rebelle ? dit-on à Rome. Il n'est rien en face du vice-roi qui menace de le punir. Le père de Marat choisit alors de s'exiler. Il quitte la Sardaigne, se convertit au calvinisme et s'établit à Neufchâtel, une terre de passage pour les réfugiés. Devant l'injustice, un Mara ne se soumet pas.

2.

Samedi 13 juillet.

Lorsqu'elle rentre à l'hôtel de la Providence, Charlotte se laisse glisser sur le parquet. Humiliée, défaite, elle se fustige. Ce matin, elle marchait tête haute sous les arcades du Palais-Royal, quelle naïveté. Elle n'aime pas s'apprêter mais à Caen, malgré sa tenue provinciale et sa coiffure simple, les gens la saluent avec respect. Ici, elle n'est personne.

Et en ce jour de juillet 1793, veille de la fête de la Fédération, an I du nouveau calendrier, elle n'existe pour personne.

Les femmes de Marat l'ont congédiée avec mépris. Elles ne semblent pas réaliser que c'est un homme dangereux et que des gentilhommes meurent parce qu'il les désigne de sa plume. Ce monstre porte des masques. Derrière l'Ami du peuple, derrière le journaliste et le député, c'est un tyran. Si elle avait pu se saisir de ce couteau, comme elle l'aurait planté dans le cœur de Marat ! Avec quelle force, quelle dignité !

Corde et Ore, par le cœur et par la parole, telle est la devise de sa famille.

Charlotte se relève, elle ôte ses vêtements et les jette à terre. En regardant les oripeaux informes sur le plancher, elle n'y croit plus. Elle voudrait revenir en arrière, renoncer. Elle qui a appris à serrer les poings devant l'adversité, elle s'assied au bord du lit, dans son jupon blanc. Elle délace son corset, ses souliers et défait les épingles qui retiennent ses cheveux. Puis elle se couche, les jambes repliées, le corps ramassé sur lui-même. La lumière qui joue avec les pampilles du lustre jette sur le mur des ombres colorées, comme celles qui entraient dans l'église de l'Abbaye et qui lui faisaient croire à la présence de Dieu. Elle ferme les yeux. Elle prie, elle murmure dans le silence de la chambre. Les bruits de la rue rendent encore plus douloureuse une solitude qui lui rappelle son arrivée à l'Abbaye, six mois après la mort de sa mère.

À cette époque, en 1783, elle a laissé derrière elle son enfance. Sa sœur pleure. Elle, non. C'est une jeune fille âpre, rétive aux larmes. La discipline que l'on inculquait à son frère, à ses cousins, elle prenait soin de se l'appliquer à elle-même. C'est sans doute ce qui faisait dire à son oncle, le curé de Vicques, qu'elle avait « un caractère d'homme ». Mais qu'est-ce qu'un caractère d'homme ?

Ce jour-là, elle est surtout une jeune fille de quatorze ans, une enfant qui a perdu sa mère. Elle se souvient de ses yeux, de sa silhouette un peu voûtée. La voiture arrive à Caen sous un soleil humide qui donne à la ville un éclat argenté. L'Abbaye aux Hommes et l'Abbaye aux Dames se font face.

C'est ici que l'on entend la préparer au monde.

Le règlement des pensionnaires est moins strict que celui des religieuses. Mais qu'elles se donnent à Dieu ou à un homme, il s'agit de faire de toutes ces femmes des âmes vertueuses et modestes. Partout les images pieuses, partout le regard de Dieu.

Habituée aux longues promenades dans la campagne, elle manque d'exercice. Après Laudes, elle marche dans les jardins et les allées jusqu'au grand mur en traversant les friches du potager. Jambes nues dans le verger, elle s'enivre du vent, du froid et de la pluie. Tout est désir quand le corps est en vie. Et le péché, c'est le garçon qui est là quand elle rentre de ses escapades, c'est son regard qu'elle soutient, effrontément, s'enhardissant à chaque promenade. Le péché, c'est le corps du garçon contre elle, dos au mur, la pluie qui tombe sur son jupon blanc, la main qui remonte à l'intérieur de sa cuisse, leurs souffles courts.

Le péché, c'est son corps qui s'enflamme quand elle prie, l'effraction du désir entre ces quatre murs, observer à travers la vapeur d'eau les sœurs quand elles ont lâché leurs cheveux. Charlotte ne reconnaît pas leurs visages, l'eau glisse sur leur chevelure et elle retient sa respiration en voyant apparaître un sein rond tendu sous le voile.

L'amour entre par les yeux, dit-on à l'Abbaye, pour prévenir les filles contre la tentation de soutenir le regard d'un homme.

Mais qui aimer, qui désirer ? Le visage de sa mère lui revient, obsédant, comme une tendresse sans gestes. La mère supérieure a pris Charlotte sous sa coupe. Elle lui confie des tâches de secrétariat et les clés de sa bibliothèque. De saines lectures pour son âme qui résiste et son corps rebelle. Charlotte se demande comment faire pour que le corps et l'âme trouvent la paix. Elle qui se sent perpétuellement en conflit avec l'un ou avec l'autre. L'Abbesse dit qu'il faut « détruire le corps qui s'oppose à la jouissance de l'esprit ». Charlotte aime lui faire plaisir, elle se nourrit de psaumes et vient parfois lui faire la lecture. Cela lui rappelle ces moments qu'elle chérissait, avec sa mère. Elle guette dans son regard une étincelle, un signe d'affection. Mais à peine Charlotte a-t-elle levé la tête que l'éclair a disparu.

Il y a aussi les jours de pénitence, où il faut que quelque chose lui fasse mal, comme cette gaine de couteau tout à l'heure dans son corsage, qui a laissé sur sa peau une marque rouge. Aucune fille n'avouera jamais les tourments de la chair devant les autres pensionnaires, comme il n'est pas permis de « raconter les songes de la nuit, quelques beaux et saints qu'ils puissent être ».

J'ai retrouvé, dans les archives de Charles Vatel, le dessin d'un cœur transpercé par des flèches en flammes. Ainsi que cette prière, écrite à la lumière d'une bougie.

Il y a longtemps Seigneur que je soupire après le bonheur de vous posséder

Ces liens qui m'empêchent de m'unir à vous

Détruisez-les

Comme ce corps de péché qui s'est si souvent révolté

Séparez mon âme de ce corps

Recevez mes larmes en sacrifice

J'accepte la pénitence pour réparer mes amusements frivoles.

3.

Caen, Calvados.

Dans le train pour Caen, je me sens sur le fil d'un couteau à double tranchant. L'un file vers l'avenir, l'autre me ramène au passé. J'ai besoin de voir ces lieux où Charlotte a vécu. À l'hôtel, où j'arrive tard, je sors sur le balcon de ma chambre. Dans une ville, le ciel n'est jamais noir comme à la campagne, mais d'une épaisseur phosphorescente. Je distingue l'ombre des églises et des abbatiales qui se dressent dans la pénombre et je respire le froid vif qui vient de l'océan tout proche.

Au XVIIIe siècle, la ville est à la merci des eaux qui inondent les caves des maisons à colombages pendant les grandes marées. Son port attire les immigrants qui s'établissent dans le centre de la ville et deviennent commerçants, négociants, artisans. Chaque vague successive repousse les limites de la ville vers les faubourgs, où vivent les plus pauvres. On tisse la dentelle, les toiles damassées pour les trousseaux des jeunes filles, on est mercier, bonnetier, ébéniste, luthier. On se démène contre la concurrence britannique et celle des ports français mieux organisés. Cela n'empêche ni les disettes ni les émeutes.

J'ouvre mon ordinateur, mais ne parviens pas à écrire. J'écoute à la radio la voix d'une autre femme qui écrit. Dit-on écrivaine, dit-on autrice, dit-on auteure. Une femme qui écrit, on ne sait jamais trop comment la nommer. Elle parle de « révolte aphone ». Ce serait celle d'une femme qui ne saurait dire exactement d'où lui vient la colère.

Une colère intime, comme celle que je sens chez Charlotte.

Avant de quitter définitivement l'Abbaye, le 20 décembre 1790, Charlotte s'est procuré pour quatre livres un exemplaire du *Typus Mundi,* une méthode qui explique comment discerner ce qui sépare l'amour de Dieu de l'amour des hommes. On a prêté à Charlotte de nombreux prétendants parmi les gentilhommes de la bonne société. Les témoignages se contredisent sur ce point, et aucune de ces hypothèses ne semble authentique. Mais personne ne s'est interrogé sur le fait qu'elle aurait pu tomber amoureuse d'Augustin Leclerc, l'intendant de Madame de Bretteville, qui avait le même âge qu'elle. C'est un jeune homme curieux qui étudie à ses heures perdues. À son contact, elle s'ouvre à la pensée des philosophes. Alors que tout son entourage est resté royaliste, elle trouve en Augustin Leclerc un ami et un partenaire intellectuel. Il n'est pas interdit de penser que leurs sentiments aient été plus forts. Mais Augustin se marie en mai 1793.

Charlotte a toujours repoussé l'idée du mariage mais nombreux sont ceux qui lui ont inventé des amours. Avec Barbaroux, avec Belzunce, avec Bougon-Longrais. Pourquoi se laisser aller à ces inventions quand tout ce qu'on croit savoir sur Charlotte semble prouver le contraire ? L'esprit humain ne peut sans doute s'imaginer qu'une jeune femme de cet âge puisse mourir sans avoir rien éprouvé du sentiment amoureux, puisque l'amour est une expérience unique. Mourir pour des idées, semblons-nous dire, d'accord mais pas sans avoir aimé. S'il y a un homme que Charlotte aurait pu aimer, c'est bien lui, Augustin. À moins qu'elle n'ait été trop rigide pour frayer avec un garçon qui n'était pas de son milieu. Débarrassée du carcan de sa légende, je vois en Charlotte une jeune femme pleine de vie qui cherchait à habiter son corps et ce monde en pleine révolution. Une envie de vivre et de s'épanouir qui était rendue possible par les idées nouvelles et l'éclatement des valeurs anciennes.

Parmi tous les portraits de Charlotte que j'ai lus dans les archives de Vatel, c'est celui de la fille d'Augustin Leclerc qui me semble restituer au plus près la jeune fille qu'elle a été juste avant de quitter Caen.

Mon père, écrit-elle « avait naturellement connu Mlle de Corday qui habitait avec sa tante, il s'était fort attaché à elle *et de son côté elle lui témoignait beaucoup d'amitié* (barré). Il n'en parlait jamais qu'avec admiration *Belle comme une Charlotte de Corday* (souligné). C'était son expression favorite quand il voulait rendre le nec plus ultra de la beauté. Il disait aussi que son caractère était un mélange de sérieux et d'enjouement, qu'elle avait des mots excessivement spirituels, des saillies pleines de goût et d'esprit et des moments de recueillement et de réflexion. De son côté, elle lui témoignait beaucoup d'amitié. Elle lui empruntait des livres, de sa belle bibliothèque, Voltaire, Rousseau, Raynal... Il lui avançait aussi de l'argent, Mademoiselle de Corday était très charitable tellement qu'elle était souvent sans le sou à cause des charités excessives qu'elle faisait, n'osant pas s'adresser à sa tante, qui de son côté donnait plus qu'elle n'aurait pu, elle venait demander à mon père, 10 francs, 20 francs. Eh bien ! lui disait-il, vous êtes donc encore ruinée, Mademoiselle Charlotte, et il lui remettait volontiers ce dont elle avait besoin, car il savait bien que ce n'était pas pour sa toilette, elle était aussi simple qu'elle était bonne, c'était le plaisir de faire du bien, de soulager les malheureux, il y en avait beaucoup, il n'y avait même que trop de mendiants ».

La maison de la rue Saint-Jean que Charlotte habitait avec Madame de Bretteville a été détruite par les bombardements de 1944. Il reste l'église où elles se rendaient ensemble et une chocolaterie à son effigie, qui a ouvert ses portes en 1910. On trouve son portrait sur les boîtes Prestige, un chocolat porte son nom, orné d'un double C doré. Ganache au pur chocolat manjari. Et Marat ? je demande à la vendeuse. Vous n'avez pas un chocolat Marat ? Elle me regarde, incrédule.

Je remonte vers l'Université de Caen, où j'ai rendez-vous pour consulter des documents. Il y a du monde devant la machine à café, deux filles le visage penché sur un smartphone, regarde il m'a répondu, dit l'une, toi t'es vraiment croc love, répond l'autre. C'est l'amour courtois du XXIe siècle, réseaux sociaux, messages subliminaux. Au rayon des C, j'attrape Corneille et une biographie de Condorcet. Au rayon des C, je sais déjà qu'aucun livre n'a, inscrit sur la tranche, comme nom d'auteur : Charlotte Corday.

4.

Samedi 13 juillet, première lettre à Marat.

Dans le prologue des *Liaisons dangereuses*, Choderlos de Laclos explique qu'on se méprend sur son œuvre. Loin de vouloir pervertir les jeunes filles, il voulait au contraire les mettre en garde contre une société où le vice et la vertu sont enlacés. Comment oublier certaines leçons de Madame de Merteuil dont la plume, fine et cruelle, décrit l'inégalité de condition entre les hommes et les femmes de son temps ? Une femme, écrit-elle, ne peut compter que sur elle-même.

Ce livre ne figurait pas, c'est certain, dans la bibliothèque de l'Abbesse. Celle-ci méprise les pensionnaires qui lisent des romans, ces livres interdits. Charlotte n'est pas une libertine, une image sulfureuse qui s'est imposée après le meurtre de Marat. Même si tuer un homme nu dans sa baignoire a de quoi susciter l'imagination. La fille d'Augustin Leclerc affirme que Charlotte préférait lire les philosophes. Une femme n'était pas censée lire des romans et encore moins en écrire. La première lettre de Charlotte à Marat n'a pourtant rien à envier aux romans épistolaires de l'époque.

« Je me suis présentée ce matin chez vous Marat, et vous avez refusé de me voir. Moi qui, fuyant à travers mille périls une ville rebelle, espérais trouver en vous le remède et la consolation à toutes mes peines. J'espérais de plus, vous être utile en vous révélant les intrigues (...) des députés fugitifs dans la ville de Caen et l'horrible inquisition que l'on exerce envers les citoyens pour les forcer à marcher contre Paris et la Convention. Déjà mon amant, victime de leur fureur languit dans les prisons, je n'ai pu éviter le même sort que par une prompte fuite.

Ô Marat, père et unique espérance de la patrie

Seriez-vous invisible comme les tyrans, non je ne puis le croire

Vous ne refuserez pas de croire une femme malheureuse

Je retournerai chez vous ce soir à sept heures, si vous ne pouvez me voir, vous me direz du moins quand je pourrai vous parler, hélas quand vous ne m'accorderiez que deux minutes, je vous jure que vous ne vous en repentirez pas. »

La loi de 1790 a ordonné la suppression du titre de noblesse. Elle signe donc *Corday*.

5.

Le Renouard, Calvados.

« Comment se satisfaire d'être dans le Monde, comme une Tulipe dans un Jardin, faire partie du Paysage et n'être bonne à rien ? » questionnait Mary Astell, la première féministe anglaise, qui vécut au XVIIIe siècle. Les mots utile, inutile, bonne à rien font partie du vocabulaire de Charlotte. Cette sensation de futilité, elle n'est pas seule à la partager. D'autres femmes se font l'écho de cette loi qui les réduit à n'être « rien dans la Nation française et de ne pouvoir user de leur influence dans les affaires que par des moyens secrets de ruse et de séduction », comme l'a écrit Madame de Coicy dans une demande faite, de la part de toutes les femmes, aux États généraux.

C'est à cela que je pense, en regardant le soleil tomber sur les collines rousses et le paysage flamboyant du pays d'Auge où Charlotte a passé son enfance. Au Renouard, un panneau indique le château de Corday au milieu d'une côte très raide. La route est barrée mais je m'engage quand même sur le chemin de terre. Les branches griffent la voiture que je gare près des barrières en bois, devant un verger. Le château est là, dans le creux, silencieux. J'imagine la nuit ici, lorsqu'elle tombe dru et qu'il n'y a plus alentour que le bruit de la pluie, le crépitement de la forêt et l'envoûtant dialogue des oiseaux nocturnes. Pour atteindre la cour, il faut descendre la colline. J'imagine Charlotte et sa famille. Je me laisse traverser par le silence, épais. Le temps est un mille-feuille, une superposition, un palimpseste. Je me souviens qu'avec mes cousines, chez notre grand-père, on s'éclipsait pour une descente en charrette sur le sentier à pic, l'une de nous debout tenait le manche pour conduire le bolide qui dévalait le sentier, les roues hurlaient sous notre poids et la charrette manquait à chaque virage de se disjoindre et de nous propulser dans le ravin. Rires, murmures, cris.

Charlotte et ses parents habitent non loin du château, à la ferme des Bois. Sur une carte postale ancienne, quelques poules picorent devant la bâtisse à colombages. Son père pense que ce n'est pas une demeure pour un gentilhomme. Elle y a sa chambre, au-dessus du cellier, les murs sont tendus d'une toile bleue à fleurs. J'ai lu quelque part que, le soir, son père leur lit les contes de Barbe-Bleue. C'est sûrement une légende, comme toutes celles qui sont nées après l'assassinat. Une manière de dire que le geste de Charlotte était prédestiné.

Plus j'avance dans cette enquête, plus je réalise qu'il est difficile de la cerner. C'est une femme complexe, une personnalité en devenir, qui n'a pas trouvé sa place. D'autres ont joué un rôle incontestablement plus lumineux que Charlotte. Madame Roland a écrit ses mémoires, elle a été une femme d'influence. Olympe de Gouges a pris le parti de l'écriture, elle s'est battue pour les droits des citoyennes. Moins connue, Louise de Keralio-Robert, journaliste et activiste, a pris position contre l'esclavage colonial.

Je m'interroge aussi sur ce nom, Charlotte Corday, sous lequel elle est connue. Baptisée Marie Anne Charlotte de Corday d'Armont, elle aime dans sa famille qu'on l'appelle Marie et signe ses lettres Marie de Corday. Ce changement de nom, qui apparaît à la Révolution, m'intrigue. Elle utilise alors son dernier prénom, Charlotte, et signe Corday. Même si la loi l'exige, cette nouvelle signature, ni féminin, ni masculin, n'est-elle pas une possibilité d'être autre ?

Il fait nuit quand je reprends la route pour Caen. Je pense que Charlotte a agi avec courage, certes, mais aveuglement. J'éprouve comme une fatigue ancienne qui me fait mal aux os, qui s'insinue en moi, comme si j'avais avalé un arbre généalogique ou un squelette.

Charlotte aura vécu une courte vie de renoncements et de sacrifices, couronnée par un acte d'une violence inouïe qui fera d'elle l'une des meurtrières les plus célèbres du monde. Ni féministe, ni réactionnaire, ni soumise, ni vraiment révolutionnaire, Charlotte, finalement, ne plaît à personne à moins d'être instrumentalisée. Inclassable, on ne peut faire d'elle un modèle à suivre.

J'imagine pourtant que les mots liberté, égalité, fraternité ouvraient en elle des espaces inconnus, incontrôlables.

Liberté, de vivre selon ses propres désirs, de n'appartenir à personne, ni à son père, ni à sa tante qui lui faisait miroiter sa fortune à ses conditions.

Égalité, qu'on lui parle de ses droits avant de faire la liste de ses devoirs.

Fraternité, ou le souci de l'autre, la seule possibilité pour les hommes et les femmes de vivre ensemble dans la cité.

Liberté, égalité, fraternité ou la mort. Ce mot-là a été ajouté en 1793, annonçant de plus sombres perspectives.

6.

Samedi 13 juillet.

Marat. Sa peau, fripée comme du papier dans un peignoir en soie, couleur terre de Sienne. Cette maladie qui l'empêche d'aller et venir à sa guise, quelle prison ! La ville lui manque, marcher dans les rues d'un bon pas lui ferait le plus grand bien, saluer le voisinage, même ce coquin de Dufour, le libraire. Il aimerait retrouver la houle des assemblées, la violence des diatribes, les invectives et même, tiens, le regard torve de Robespierre, tout cela qui faisait le sel de ses journées. Et il n'en peut plus de rester là à moisir doucement pendant que tout, autour de lui, s'échafaude dans l'ombre et complote, à commencer par ce couillon de Roux, ce « soi-disant » frère de lait qui n'a qu'une idée en tête, prendre sa place, devenir le nouvel Ami du peuple, le « petit Marat ». La rage le saisit, mais son corps offensé se rappelle à lui. Il tousse, s'affaisse.

— Qu'as-tu, mon ami ? demande alors Simonne qui entre.

— Rien, hurle-t-il.

Elle sursaute. Il se reprend. Ne t'inquiète pas. Un brusque accès de rage. Mais que m'apportes-tu ? Simonne se ravise. Une lettre, dit-elle, une lettre pour toi, elle vient d'arriver. Il la saisit, la retourne, *À Marat. Faubourg Saint-Germain, rue des Cordeliers.* Des lettres comme celle-ci, il en reçoit souvent. Il a même fait paraître plusieurs de ces courriers dans l'édition de ce jour, il considère comme un honneur de donner la parole à des citoyens qui sont prêts à se battre pour la République.

Par la fenêtre, il voit qu'on commence à décorer le fronton des maisons de rubans et de cocardes tricolores pour la fête de la Fédération. 14 juillet, déjà quatre ans que le peuple a fait tomber la Bastille. Et la Révolution n'est pas terminée.

À cette heure le journal a été distribué, les nouvelles vont vite. Mais jamais assez vite. Car l'ennemi est aux portes. Oh, ce n'est pas l'armée des émigrés qu'il redoute – les frères du roi savent mieux festoyer à Coblence que combattre. Ces messieurs donnent des bals deux ou trois fois la semaine. Mais pour comploter, ils s'y entendent. L'aristocratie la plus révoltante s'est réunie au-delà du Rhin, celle qui n'a qu'une idée en tête : remettre un roi sur le trône. Ils crient au despote, mais sont prêts à confier leur salut à un tyran de sept ans (ou à sa mère), qui remettra le peuple sous le joug du droit divin. Marat n'aura pas l'esprit tranquille tant que Custine, l'homme auquel on a confié le commandement des armées de la République, ne sera pas destitué. On dirait qu'il n'attend qu'un moment favorable pour laisser passer l'armée des royalistes. Un traître.

Il retourne s'asseoir, ouvre la lettre signée Corday. Il la lit en entier. « Je retournerai chez vous ce soir à sept heures, si vous pouvez me voir, me parler, vous ne vous en repentirez pas. » Revient au début. « Vous être utile en vous révélant les intrigues. »

Marat se lève et demande :

— L'une d'entre vous a-t-elle réceptionné cette lettre ?

— Oui, dit Catherine, c'est Marie. Un coursier de l'hôtel Providence l'a portée cet après-midi.

— Cette personne dit qu'elle s'est déjà présentée ce matin, dit Marat.

— Ce matin ? Oui, se souvient Catherine, une femme est passée.

— Et alors ? demande Marat.

— Je lui ai dit que tu étais souffrant, dit Simonne.

— As-tu besoin de dire cela à tout le monde ? Bientôt tout Paris me croira mort et enterré.

— Ne te fâche pas, Marat.

— Peu importe, que voulait-elle ?

— Elle n'a pas dit.

— En tout cas, elle avait l'air d'une pimbêche, dit Catherine, heureuse d'avoir un petit public.

Elle soulève les pans de sa robe, comme pour la faire gonfler, relève le menton, l'air pincé, et fait quelques pas. Jeannette rit, Simonne lève les yeux au ciel.

— Ça suffit, Catherine, dit Simonne. Elle avait l'air d'une dame de province, si tu vois ce que je veux dire.

— Bien, dit Marat en repartant vers son bureau. Si elle revient, dis-le-moi.

7.

Coblence.

Quelques jours après la fuite de Louis XVI à Varennes, que les nobles dévoués à leur roi apprennent à leurs dépens, Louis-Claude décide de fuir avec sa famille à Coblence et de s'engager auprès de l'armée des Princes avec son fils aîné. Il pense certainement que sa famille y sera plus en sécurité qu'en Normandie. Il fuit avec Védastine et leurs six enfants âgés de quatre à dix-sept ans, emportant avec eux des assignats, des fonds provenant de la vente de terres, qui seront finalement confisqués. Sur la route ils brandissent, selon les circonstances, un drapeau blanc ou un drapeau tricolore pour passer les barrages dans la France affolée par le départ du roi. De cette équipée pleine de silence, il reste quelques bribes dans le récit de Védastine Sorensen qui porte le même prénom que son aïeule, celle qui a vécu cette période de l'émigration. Un seul épisode a échappé à l'oubli : la traversée du fleuve pendant la nuit.

Ils arrivent à Coblence, en Allemagne, le 22 août 1791. Bordée par la forêt du Westerwald, la ville est traversée par le Rhin et jalonnée de châteaux romantiques. Coblence m'éclaire sur les idées souverainistes de mon grand-père et ses messes en latin auxquelles il était resté fidèle en catholique traditionaliste. Il aurait bien, si cela avait été possible, remis le roi de France sur le trône et ne s'est jamais guéri de cette blessure, une nostalgie des conquêtes et des mythes chevaleresques.

Je vois aussi pourquoi mon grand-père était resté, dans son for intérieur, un chevalier d'épée. Il m'avait dit un jour tout le bien qu'il pensait des Orléans. Je l'avais regardé les yeux ronds, comme s'il avait sorti son chapeau à plumes de chef indien. Nous étions en 1988-1989, Chirac qu'il détestait était président, le RPR n'avait pas encore avalé l'UDF. À table, quand on parlait politique, mon grand-père participait rarement, il haussait les épaules à certains noms ou faisait un drôle de bruit de la bouche, *tsssssss*, grimaçait à d'autres – tout se valait plus ou moins. Mais ce jour-là, en me parlant des Orléans, son regard s'était éclairé.

Souvent rabroué par Amatxi qui avait des idées *plus avancées*, il s'animait devant moi, qui, montée sur mes grands chevaux, le fustigeais en lui assénant quelques vérités fraîchement acquises à Sciences Po. Je lui avais rabattu son caquet. J'aurais pourtant plus appris d'une discussion que du silence qui a suivi et de l'enfouissement de ce passé à nouveau, à l'intérieur de lui, à l'intérieur de nous.

À Coblence, les frères du roi ont recréé le royaume de France. C'est une monarchie irrespirable où règnent la délation, les intrigues et l'insécurité. La noblesse de cour s'y retrouve au café des Trois Couronnes, on s'imagine des batailles, on se comporte en preux chevalier, on organise de fastueux dîners, il faut mener grand train, avoir de l'argent pour participer aux festivités, des robes et des bijoux. Les Allemands éprouvent une franche aversion pour ces Français qui se sont imposés chez eux avec leur police et leurs prostituées. Louis-Claude installe finalement Védastine et les enfants à Neuss, un petit port fluvial situé à deux cents kilomètres de Coblence. Puis il se présente au comte d'Artois qui commande les armées des émigrés de la vallée du Rhin. Il est d'abord incorporé dans le régiment allemand de Wittgenstein, avec son fils Nestor. C'est la débâcle. Ils s'embarquent alors par l'Angleterre sur la flotte de Lord Moyra qui ira combattre en Vendée, avec le succès que l'on sait. Ils voguent de défaite en défaite avec une armée fantoche, un gouvernement ruiné qui mange des ortolans et ne paye pas ses soldats.

Louis-Claude n'a d'ailleurs pas du tout l'air d'un soldat. Un portrait le représente en homme occupé à jouer de la harpe, assis sur une chaise Louis XV en velours rouge, devant la fenêtre. Il est vêtu d'un habit et d'une culotte bleue ornée de passementerie, de collants blancs, d'un gilet de soie grise brodé de fleurs, d'une cravate de dentelle et de souliers ornés d'une barrette d'argent. Ses mains, fines et blanches, semblent voltiger sur les cordes. Sur une petite table devant lui est posé un cahier de partitions. Mais lui, il regarde au loin, à l'écoute de la musique. Un sourire léger sur le visage, qui semble poudré, comme sa perruque. Juste au-dessus de lui, un cordon de soie dorée terminé par un gland de sonnette est à portée de main. Ce portrait est conservé au musée d'Oslo en Suède.

Quant à Védastine, elle tiendra deux ans, seule à Neuss avec ses enfants. Mais lorsque le gentilhomme rentre sous une fine pluie de septembre, la ville est triste. Devant le porche, ses enfants l'attendent en rang et en guenilles. Il ne reste qu'une seule des jumelles, Joséphine. Elle a perdu sa dent de devant et lui sourit de toute sa bouche. Sophie, l'autre jumelle, et sa femme Védastine sont mortes. De maladie, de faim, de misère.

8.

Copenhague, Danemark.

Dans la famille, nous avons toujours vécu en amitié avec ce pays qui a été une terre d'accueil. Je vais rencontrer Thérèse qui est, comme moi, une arrière-arrière-arrière-petite-fille de Védastine. Son fils a répondu à mon message sur Facebook. Par fidélité à cette histoire, on m'a donné un prénom scandinave, ce qui a causé moult problèmes à ma naissance. Le maire lui trouve une consonance trop étrangère et contraire à la loi des prénoms. Et mon père ne veut pas pour sa fille d'un prénom de reine.

Guide de montagne, mon père a pris la tangente, rompant les amarres avec sa famille. Chaque course l'éloigne de ce milieu qui l'étouffe par ses codes, le renvoie à ses souvenirs d'une enfance austère. Avec cette vie âpre, dangereuse, qu'il veut mener pour s'extraire du monde dont il est issu, Astrid sonne comme Sissi impératrice. À Chamonix, les soixante-huitards ont fait irruption, venant de toute la France et surtout de Paris pour s'inscrire à l'École des guides de haute montagne. Ils lisent *L'Huma* et rêvent de monter des expéditions au Népal ou au Kazakhstan. S'il leur arrive de l'appeler « M'sieur l'comte » pour se moquer, mon père fait tout pour s'affranchir de ce nom, de cette étiquette qui lui colle à la peau. Comment se fondre dans le groupe des intellectuels de gauche avec un nom à rallonge et un père militaire ? On vit en quelque sorte toujours à l'heure des Montagnards et des Girondins. Les Montagnards, à l'époque, c'est un monde d'hommes, un monde qui ouvre des voies.

J'ai rendez-vous à 17 heures, avec Thérèse dans la banlieue de Copenhague.

À la sortie de la gare d'Hellerup, alors que je traverse un quartier de maisonnettes, la lueur des bougies et des lampes brille aux fenêtres. Soudain s'insinue en moi l'impression que je ne serai peut-être pas la bienvenue. J'ai peur de rencontrer Thérèse et sa famille. Qui suis-je pour eux ? Une inconnue, nos liens de parenté sont distendus.

Je sonne. Mon cœur va exploser. Le cousin que j'ai contacté sur Facebook ouvre la porte. Nous échangeons quelques mots en anglais et il me fait entrer dans la pièce où Thérèse m'accueille. Assise face à la fenêtre, je ne vois d'abord que ses épaules et ses cheveux gris coupés court. Je me racle un peu la gorge pour signaler ma présence. Soudain, elle se retourne et me fait face. Après un moment de stupeur, je m'approche doucement d'elle. Elle saisit ma main, lève la tête vers mon visage.

Thérèse m'apprend qu'après la mort de sa femme Védastine et de sa fille Sophie, Louis-Claude a quitté l'armée et demandé l'asile au Danemark. Il s'y installe, ses enfants s'y établissent et se dispersent dans toute la Scandinavie. Mais à la Restauration, lorsque Louis XVIII ordonne aux officiers français en émigration de rentrer en France, en 1816, Louis-Claude ne se sent pas le courage de refuser. À plus de soixante ans, il quitte le Danemark. Il emmène avec lui son petit-fils Alexandre qui quitte sa famille et son pays à l'âge de douze ans. Il ne les reverra pas et ne s'en remettra jamais. Élevé à Saint-Cyr pour faire une carrière militaire et « refaire souche » dans ce pays qu'il ne connaît pas, il fera toutes les guerres.

Nous restons toujours, quelque part, meurtris par cet exil, m'explique Thérèse. Je trouve peut-être là un motif à la disparition de mon arrière-arrière-grand-père, celui qui n'a pas voulu accepter d'être loyal à tout prix.

Me montrant à la ronde son univers dépouillé et un rayonnage de livres, Thérèse me dit qu'elle a gardé ici des choses essentielles. C'est tout ce dont nous avons besoin avant de mourir. La même gravure de Charlotte Corday que celle de mon grand-père est accrochée dans le vestibule. *She was looking for something, but she didn't know what it was.* Elle était à la recherche de quelque chose, mais elle ne savait pas quoi.

9.

Samedi 13 juillet.

Charlotte est sortie. Est-ce la faim qui la tenaille ou la peur qui lui troue le ventre ? Elle a revêtu un simple jupon de soie blanche et piqué une épingle dans son bonnet de linon. Attablée à la terrasse d'un restaurant, aux Tuileries, elle regarde alentour la vie qui avance, implacable, alors qu'elle commence à sentir la mort. Ses yeux perçoivent soudain les choses avec une acuité particulière. Ça sent l'été. Des odeurs de pain chaud et de chevaux. Des parfums de jasmin et de pralines au sucre. De roses. Elle, elle ne fleurira pas.

Un peu vacillante sur sa chaise, elle observe la clientèle d'hommes et de demi-mondaines qui l'entourent sans toucher à ses huîtres d'Ostende. Un groupe de jeunes gens fait de l'esbroufe à la table d'à côté. Au théâtre de la Nation, disent-ils, on joue *L'École des bourgeois*. Oui, mais au théâtre de la République, c'est *Le Retour du mari* que l'on joue. Écoutez, dit un jeune homme. Il veut lire un texte qu'il a écrit. Il a posé son pied sur une chaise et d'un ample geste il invite tout le monde à l'écouter. On fait silence et il commence sa lecture. « Pourquoi ne met-on jamais un homme du peuple sur la scène sans le rendre ridicule ? Pourquoi lui donner toujours un langage bas et repoussant ? Quel acharnement à toujours mettre sur la scène des marquis et des barons, lorsqu'il n'y en a plus dans la société ! » On rit, on applaudit.

Charlotte a braqué sur eux son œil noir. Elle pense à son père, à son acharnement à vouloir rester « un gentilhomme », à ses résistances. Certes, il n'y a plus de marquis, plus de barons et le fermier de son père est devenu maire. Mais à quoi bon se battre pour la liberté si c'est pour qu'un Marat devienne dictateur, avec ses brigands de la Montagne. L'un d'eux la remarque, elle soutient son regard. Mais ils se trompent sur ses intentions, et Charlotte n'est pas habituée aux libertinages. « Encore un peu de temps, pense-t-elle, et il ne restera de vous que le souvenir de votre existence. »

Ce sont des mots qu'elle a écrit, la veille, dans son *Adresse aux Français.* Les Français, pense-t-elle, se plaisent dans le trouble et dans les divisions, pendant que la Montagne triomphe dans le crime et l'oppression.

Elle aurait préféré leur parler de sa passion pour les *Vies parallèles* de Plutarque. C'est dans cet ouvrage qu'elle a appris à vivre dans une République. Mais ce n'est pas Antigone, c'est Brutus, le modèle de

Charlotte. Brutus qui s'est sacrifié pour sa patrie en tuant César d'un coup de poignard dans le cœur.

Charlotte se lève en laissant sur la table la monnaie de son déjeuner, puis elle se dirige vers le jardin des Tuileries.

10.

Louis-Claude parti en émigration, c'est aussi aux Tuileries que je retrouve Dominique, le deuxième frère, lors de la tristement célèbre journée du 10 août 1792. Divisé, le peuple de Paris n'a plus confiance dans ce roi qui a voulu fuir. La monarchie constitutionnelle n'a plus sa raison d'être, il est question de détrôner le roi. Louis XVI a fait venir des gardes suisses pour le protéger, en plus de ses chevau-légers, dont Dominique fait partie. La foule d'un côté, la garde nationale de l'autre, Louis XVI, suivi par ses proches, traverse les Tuileries pour se réfugier à l'Assemblée. Comme les feuilles tombent vite, cette année, dit le roi. Sur son passage, on entend *Vive le Roi*, et surtout *Vive la Nation*.

C'est l'insurrection. La garde nationale se rallie au peuple de Paris. De nombreuses femmes y participent, comme Théroigne de Méricourt. Seuls les gardes suisses, engagés pour protéger Louis XVI, refusent de baisser les armes. Le sang coule aux

Tuileries. Six cents morts. Dont trois cents gardes suisses.

C'est la fin de la monarchie. Six mois plus tard, le 21 janvier 1793, Louis XVI est guillotiné.

11.

Un an plus tard, lorsque Charlotte entre aux Tuileries, il n'y a plus aucune trace des cris, du sang et de la mort. Les sauges rouges s'élancent vers le ciel, les buis sont un peu échevelés, quelques tulipes fleurissent çà et là. Les jardiniers de Paris ont déserté ces parterres autrefois tirés au cordeau, « à la française » comme on dit. D'ailleurs, ils ne touchent plus leurs gages. On a autre chose à faire que soigner les plantations. Une foule bigarrée se dirige vers la place de la Révolution, presque joyeuse, comme si elle se rendait à une fête. Une petite fille trempe les pieds de sa poupée dans le bassin, un homme a construit un bateau de bois qui flotte, qui flotte. Qui coule. Le petit garçon pleure. C'est une journée parfaitement calme.

De l'autre côté de la grille, on aperçoit la guillotine. L'imposante construction de bois et de ferraille ressemble à un animal mythologique qui réclame sa nourriture. C'est là qu'en janvier la tête du roi est tombée. C'est là qu'aujourd'hui neuf condamnés vont perdre la leur.

Charlotte s'arrête au milieu de l'allée.

Elle reste un long moment, seule, à imaginer sa propre mort.

Les clameurs de la foule annoncent l'arrivée de la charrette des condamnés.

Leurs femmes et leurs enfants sont venus à Paris pour tenter de les faire gracier. Un combat perdu d'avance, les temps ne sont ni à la grâce ni aux atermoiements.

La foule à nouveau crie, comme une houle, le hennissement d'un cheval géant.

La mort est élevée au rang de cérémonie.

À chaque fois qu'une tête tombe, il y a un petit moment de silence. Des applaudissements.

Puis la foule gronde à nouveau. C'est comme une vague. Neuf hommes, coupables de crimes contre la République une et indivisible, cela prend un certain temps.

Charlotte avance dans l'allée d'un pas ferme, décidée à regarder la mort en face.

Avec tous ses détails. Voir cette grande lame s'élever vers le ciel, les éclats de lumière qui se brisent sur le fer. Lire sur les visages l'effroi, un zeste de luxure, la résignation. Des marchands de rafraîchissements sont installés aux quatre coins de la place. Une odeur fade ou acide se dégage des corps. Elle se faufile pour mieux voir.

Le sixième homme descend de la charrette. Ses épaules rentrées, la tête basse, il monte l'échelle de bois. Cheveux ébouriffés. Chemise en désordre. Lorsque le bourreau s'avance vers lui, il fait un pas en arrière. Un homme, dit Poltron, entre ses dents. Plus loin quelqu'un crie, Faites venir le perruquier ! Des rires s'élèvent. Mais dans l'ensemble, la foule retient son souffle. Le condamné semble chercher quelqu'un parmi les visages levés. Ses épaules tremblent. Il pleure, dit quelqu'un. Arrête de chialer, baron, les ci-devant sont tous des traîtres.

Enfin, le bourreau met fin à l'insoutenable attente. Il lui passe la cagoule. L'homme alors, devant tous, n'a déjà plus de figure. La foule se retient de respirer. Soudain la lame glisse, la tête est tranchée. Quand elle tombe, il y a comme un souffle dans l'atmosphère. La foule respire. Cela ne dure qu'un instant.

12.

Paris, les Catacombes.

Dans les rues, une couche blanche de givre a tout recouvert, même la Seine est monochrome. Je médite la phrase de Charlotte : « Le crime fait la honte et non pas l'échafaud. » Elle est tirée d'une tragédie de son aïeul Thomas Corneille, le frère du grand dramaturge. Accusé d'un crime qu'il n'a pas commis, le comte d'Essex préfère mourir sur l'échafaud qu'accepter le pardon d'une reine qui le soupçonne, à tort, d'en être l'auteur. « Comme il se dit sans crime, il y paraît sans honte. »

Charlotte, sans nul doute, a été confrontée à ce dilemme moral. Elle a pris un autre chemin que celui que lui a inculqué l'Abbesse, qui dira d'elle qu'elle est morte en païenne. Son *Adresse aux Français* a des accents mystiques, elle accomplira son geste comme on remplit une mission. En tuant un seul homme, Marat, elle pense sauver « mille vies » et rétablir la paix et la justice. Son crime lui semble plein de vertu, puisque c'est un sacrifice.

Je pense à cela dans le métro, direction Denfert-Rochereau, mes cousines m'ont donné rendez-vous devant l'entrée des Catacombes, un labyrinthe de pierre et d'os, où les crânes les plus célèbres côtoient les morts anonymes. C'est dans ce dédale éclairé d'ampoules qu'ont été transférées les dépouilles des guillotinés.

Il fait si froid que je porte la veste en fourrure d'Amatxi, si bien qu'on me regarde d'un sale œil, comme si j'avais tué moi-même la bête féroce. Si le corps de Charlotte se trouve dans l'ossuaire, son crâne n'y est pas. Après l'exécution, les têtes étaient parfois récupérées puis vendues, ce qui a donné lieu à un trafic de reliques. Celui de Charlotte aurait appartenu au prince Roland Bonaparte. Il a été exposé à plusieurs reprises. Collectionneurs, craniologues, anthropologues du XXe siècle se passionnaient pour ces crânes. Certains experts prétendaient qu'il était possible de déceler, à la forme de son crâne, le criminel type. La femme criminelle déchaînait aussi les passions, on cherchait dans son corps ou sous son crâne la cause de sa violence : folie, hystérie, impulsivité. Jamais on n'aurait pensé qu'une femme puisse vouloir tuer pour des raisons politiques.

13.

Samedi 13 juillet.

Dans la salle à manger, Marat attaque la liasse de journaux du jour que Marie Aubain lui a portée tout à l'heure. Il est seul avec Jeannette dans les odeurs de bouillon et d'os à moelle. Des journaux naissent chaque jour, soutenus par la manne des jacobins pour dire la bonne parole et inciter le citoyen à la vertu. La presse provinciale s'amenuise au fil du temps. La liberté de s'exprimer, parler, écrire et imprimer est inscrite dans l'article 11 de la Déclaration des droits de l'homme et du citoyen du 26 août 1789. Mais c'est une liberté conditionnelle, une liberté qui doit se soumettre à l'idéal révolutionnaire. Il n'est pas question de laisser le champ libre à des idées qui seraient du poison pour le peuple.

Cette rhétorique l'assomme un peu. Marat préfère les plumes de la *Feuille villageoise*, ou le *Journal de Marseille* d'un jeune journaliste du nom de Ferréol Beaugard, qui lui donne les informations les plus utiles pour comprendre cette ville rebelle, qui échappe à l'entendement.

Lire entre les lignes, débusquer les esprits faux, c'est ce qui l'aiguillonne. Les écritures bien trempées, fussent-elles corrompues, lui donnent plus de plaisir. Il s'est découvert un goût pour les batailles, les combats à la plume. L'écrit est son domaine, bien plus que les intrigues de clan. Il préfère les foudres de l'écriture aux murmures des conspirations. Il aimait se prêter à l'insolence dans *L'Ami du peuple*. Malheureusement, il a dû la mettre en veilleuse depuis qu'il est député. *Le Publiciste de la République* est plus policé. Il envie parfois la verve incendiaire d'Hébert, la voix du Père Duchesne. Les grands journalistes, Camille Desmoulins, Hébert, Carra et lui-même, se combattent et s'apostrophent à travers leurs articles. Enfin, les grands journalistes. Ce n'est pas ce qu'il pense de Carra. Ses *Annales patriotiques et littéraires* ? Un nom pompeux qui cache un discours à la solde des ennemis. Il lui a rabattu son caquet dans l'édition du jour, et même mieux, il l'a démasqué.

Jeannette s'affaire autour de lui, range la vaisselle. Simonne et Catherine vont bientôt revenir avec les journaux à plier. Elle se plaint de la cuisine qu'elle doit faire demain pour l'invité de Marat. Celui-ci l'écoute d'une oreille. Il attrape le *Thermomètre du jour*, de ce poltron de Dulaure. Avec des types comme lui on y serait encore. À tergiverser, à se faire des courbettes pendant que les bons citoyens ont fini leur pain noir, qu'ils se saignent pour leur descendance, qu'ils meurent à la guerre contre les ennemis de la Révolution. Dulaure a publié la lettre d'un aristocrate dans son journal. Des lettres comme ça, c'est du poison pour l'esprit public. « Mes amis, la poire est mûre. D'ici au 15 juillet, nous danserons. Je désire qu'il n'y ait pas de sang répandu, sauf ceux de Robespierre, Danton, Marat. (...) Vive la République, vive Wimpffen, vivent les Normands, Bretons, Marseillois, Lyonnois, et tous les bons républicains. »

Cela confirme la nouvelle de ce matin, les fédéralistes de Caen marchent sur Paris pour lui faire la peau. Qu'ils viennent, il est mieux gardé ici qu'au Temple où la reine est prisonnière.

— Je vais lui préparer de la cervelle à ton Anglais, dit Jeannette.

— George Grieve ? Il est américain, dit Marat. Tu ferais bien de la donner au chat, la cervelle.

Elle hausse les épaules, vexée. N'aurait jamais dû se laisser amadouer par le boucher.

— Si tu mangeais moins de sucreries, citoyen Marat, il y aurait eu de quoi lui faire une pintade à ton Américain.

— Une pintade ! Il lève les yeux au ciel. Redonne-moi un peu de café. S'il te plaît.

Il sait ce qu'elle va dire.

— Le médecin a ordonné de ne pas t'en donner du tout, dit Jeannette.

— Le médecin ? dit Marat. C'est moi, le médecin.

Jeannette pouffe.

— Allez, je veux bien, citoyen Marat, mais sans sucre.

— Dis-moi, Jeannette, comment va ton Sylvain ?

Elle verse le café dans la tasse.

— Bien, répond-elle. Elle pense à la conversation qu'elle a eue hier soir avec Sylvain, à la manière dont il avait dit « S'il vit encore » en parlant de Marat. Il s'est rapproché des Enragés de Jacques Roux. Celui que, pas plus tard que mercredi, Marat a jeté à la porte. Jeannette se détourne.

— Il travaille ?

— Oui, à la métairie. Pour les récoltes, ils ont toujours besoin. Après, il retrouvera sa place chez le tuilier. Avec les beaux jours, le travail ne manque pas.

— Bien, dit Marat. S'il y a des choses que je peux faire pour lui.

Elle ne répond pas. Jeannette est étrange, fuyante.

Marat se lève et quitte la pièce. Pourquoi Jeannette lui ment-elle ? Il n'est pas dupe, il y a quelque chose. Il sait ce qui est en train d'arriver, il le sent. Les Montagnards sont en train de perdre les sans-culottes. Il demandera à Simonne de se renseigner. La vie lui échappe depuis qu'il est enfermé. Lui qui aime entendre la rue, attraper au vol la parole des gens, il vit maintenant comme un roi, coupé du peuple. À la merci de ce que l'on veut bien lui rapporter, ignare de ce qu'on lui cache. Il se sent seul, cloîtré ici alors que tout autour de lui s'exalte, qu'on prépare une fête à laquelle il ne pourra pas se rendre. Une fête où tout peut arriver puisque la ville fourmille de faux patriotes, d'émigrés de Coblence, de Montagnards à double face.

Jeannette l'entend qui marche dans la pièce d'à côté. Elle guette le rythme de ses pas, des pas lents comme quand il réfléchit. Elle pense aux premiers jours de la Révolution, à la liesse dans les rues, on avait au cœur une sensation de délivrance. Sylvain l'avait fait danser autour du feu, à la métairie, les brindilles volaient dans la nuit, légères, le vin coulait dans la gorge, dans le ventre. On voulait se laver les yeux du sang, faire bombance comme quand ils tuaient le cochon. Elle venait pour aider les femmes à la cuisine. Les mêmes qui étaient là, les premiers jours de juin, quand on avait fait tomber la Bastille. C'était comme un rêve. Elle ferme les yeux, soudain les larmes brillent. Elle s'était donnée à Sylvain, le feu brûlait dans sa poitrine et dans son ventre. Ils voulaient juste être heureux, elle se souvient. Maintenant, elle se sent perdue. Et puis, il y a le souvenir de son pays de Provence que les nouvelles ravivent. Et l'envie de revoir les siens. Elle a pu obtenir que, là-bas, on se révolte contre l'autorité de la nouvelle Convention, on ne veut pas se soumettre à Paris. On a levé des armées révolutionnaires pour faire la guerre contre le

Royaume de Sardaigne et la ville de Nice a été prise au printemps. Elle pense à son jeune frère et se sent écartelée, comme si son corps habitait plusieurs pays en même temps.

— Je vais préparer le deuxième bain, se dit Jeannette.

Marat ouvre le tiroir de son secrétaire. Il en sort la liste de ceux qu'il suspecte de traîtrise – *intendants brûle-sucres, procureurs fiscaux, charlatans royaux, robins et calotins*. Ici, point d'envolées furieuses avec sa plume. Il écrit avec le plus grand soin, lentement et avec un soupçon de délectation. Marat est connu pour être celui qui ne transige pas avec les « *méchants* », il les cite dans son journal et les expose à la vindicte de ses lecteurs. Il ne s'en cache pas, ces dénonciations sont pour lui le moyen d'alerter le peuple sur ceux qui le trahissent, ceux qui le corrompent. Les vingt-neuf Girondins qui ont été bannis au mois d'avril ont des raisons de lui en vouloir, puisqu'il a contribué à leur arrestation. Certains se sont enfuis. Combien se trouvent à Caen ? Lequel d'entre eux serait capable de marcher sur Paris avec l'armée de Wimpffen ? Qu'il vienne. Il ne donne pas cher de sa peau.

Marat a les yeux pleins de fièvre quand arrive le docteur. Simonne l'a emmené à l'écart. C'est une maîtresse femme, quelqu'un qui ne s'en laisse pas conter. Elle verra le médecin après sa visite à Marat. Il y a dans sa voix une sourde inquiétude. Personne ne doit te savoir ici, a-t-elle soufflé. Comme d'habitude, répond-il. Il a juré de ne pas parler. Il sait que les rumeurs ne font qu'aggraver le cas de Marat. De quoi souffre-t-il exactement ? Ses humeurs sombres sont-elles le reflet de son intériorité volcanique, complexe, imprévisible ? L'homme se pique facilement. Est-il fou ? Il inquiète par sa parole implacable, par son verbe dénué de manières. Oui, il est fou de n'être pas enclin aux compromis, à la conciliation. C'est un écorché vif. Sa peau en est la preuve.

Lorsqu'il était à l'école de médecine, il a entendu parler de l'effet de la foudre sur les moutons foudroyés. Celle-ci laisserait, à l'intérieur de leur peau, les contours du paysage alentour. Telle est la peau de Marat. Elle est marquée par le sceau des événements, comme s'il les éprouvait dans sa chair. Comment vas-tu aujourd'hui ? demande-t-il à Marat. Oh, du travail, mon pauvre ami, du travail. Il sait que Marat a rayé le nom de son ami dans la liste des suspects, en le traitant d'idiot, de crétin sans envergure. C'est leur petit secret. Pas de douleurs inhabituelles ? Non, répond Marat, c'est d'être enfermé qui me mine. Allons, dit le médecin en passant un tampon d'alcool, de soufre et de camphre sur sa peau meurtrie, cela finira.

14.

Samedi 13 juillet.

À l'hôtel Providence, Person, le perruquier, virevolte autour de Charlotte dans un nuage de poudre. Il parle trop, l'empêche de réfléchir et elle referme la porte derrière lui avec soulagement. Marat n'a pas répondu à sa lettre. Les femmes qui gardent sa porte lui ont-elles transmis son message ? Il ne faut pas qu'elles se méprennent sur le fait qu'elle est une femme de qualité. Ce matin, elles l'ont regardée sans égards. Elle se dirige vers le petit secrétaire et rédige une seconde missive. « Je vous écris ce matin, Marat, avez-vous reçu ma lettre, puis-je espérer un moment d'audience, si vous l'avez reçue, j'espère que vous ne me refuserez pas, voyant combien la chose est intéressante. »

Elle relève la tête, il lui faut quelque chose pour les attendrir. Elle ajoute :

« Suffit que je sois bien malheureuse, pour avoir droit à votre bienveillance.

Corday. »

Elle enfile par-dessus son jupon un déshabillé moucheté et attrape son chapeau noir haut-de-forme. Elle a épinglé à l'intérieur de sa robe son *Adresse aux Français*. Elle ne tentera pas de fuir, mais s'attend à ce que son crime déclenche la colère des amis de Marat et craint de ne pas y survivre. Il faut qu'on sache qui elle est et pourquoi elle l'a tué.

On trouvera dans les poches de sa robe :

— Cinquante écus, en vingt-cinq écus de six livres
— Un dé d'argent
— Cent quarante livres en un assignat de cent livres et quatre autres assignats de dix livres chacun
— Une lettre à l'adresse de Marat
— Un passeport
— Une montre en or
— Une clef de malle
— Un peloton de fil blanc
Dans son corsage, elle glisse le couteau.

Elle est prête. Avant de partir, elle jette un dernier regard dans la chambre pour vérifier qu'elle ne laisse rien de compromettant pour ses proches, sa famille, ses amis. Lorsqu'ils comprendront la gravité de son geste, ils brûleront tout ce qui la concernait, ses lettres, ses poèmes, ses dessins.

La veille de son départ pour Paris, elle a accompagné Madame de Bretteville chez le chevalier de Longueville. Il voulait leur montrer un jardin qu'il possédait près des fossés Saint-Julien et dans lequel il cultivait des fleurs rares. Alors qu'elles se promenaient entre les roses et les pivoines, Charlotte pensait à ses préparatifs. Au cours de la soirée, les parfums du jardin embaumaient l'air tiède et doux, et tout en regardant les lucioles s'allumer dans le noir, elle se demandait quelle serait leur réaction quand ils apprendraient l'événement. En effet, ils furent profondément étonnés, car elle était ce soir-là d'une tranquillité parfaite.

Et personne n'a retrouvé ce petit bout de lin sur lequel elle aurait brodé : *Le ferais-je ou ne le ferais-je pas ?*

15.

Samedi 13 juillet.

Sept heures du soir. Jacques Philibert Guellard, commissaire de la section du Théâtre-Français, se trouve à son bureau, dans le quartier des Cordeliers. La journée s'est écoulée sans heurts particuliers malgré la chaleur propre à exciter les esprits. Pourtant, il est sur les dents. La garde nationale a des consignes précises, empêcher les attroupements, ne pas laisser les choses s'envenimer. L'interdiction de tout rassemblement devant les boulangeries n'a pas empêché quelques échauffourées aux abords des marchés, une charrette de sacs de blé renversée a suscité une bagarre, il s'attendait à pire en cette veille de fête. Car dans le quartier certains sont aux abois, la famine guette. Alors que, citoyen commissaire, on n'a pas coupé la tête au roi dans les frimas de l'hiver pour crever la faim à peine l'été venu.

Le citoyen commissaire se lève pour aller faire sa ronde. Il se sent à la fois responsable et, en même temps, il n'y peut rien. On ne peut pas aller plus vite que la musique, mais demain, nous fêterons la nouvelle Constitution, celle de l'An I que les Montagnards ont fait enfin surgir du fin fond de leurs tripes. La plus belle Constitution, qui marquera l'histoire des peuples.

Tout en marchant dans la rue, affichant à la fois sa bonhommie et son autorité, il y pense, aux droits de l'homme et du citoyen, il fait un petit signe de tête par-ci, par-là, glisse sur les regards entendus ou fuyants des gens qu'il croise sur son passage. C'est qu'il le connaît bien, son quartier. Cela lui arrive aussi de douter, quand il relit tranquillement cette Constitution à la lueur des bougies. De douter que l'idéal soit atteignable.

Il veille à faire régner l'ordre et la justice, il voit bien que tout est à faire. Et comme le disait si bien Molière, *On n'exécute pas tout ce qu'on se propose, et le chemin est long du projet à la chose*. Il passe justement devant le théâtre de la Nation. Belles dames, jeunes gens affluent vers l'entrée. Et que donne-t-on ce soir ? Il s'arrête de marcher pour lire ce qui est à l'affiche, c'est *L'École des bourgeois*, de l'abbé d'Allainval.

— Tu ne viens pas au théâtre, citoyen commissaire ? lui lance l'ouvreur qu'il connaît bien. On ne va pas encore nous le fermer ?

— Si cela ne tenait qu'à moi, répond le commissaire, mi-sérieux, mi-badin, je le fermerais ce soir.

— Bah, cette pièce n'a pas fait de mal à une mouche depuis qu'on la joue.

Le commissaire s'éloigne. Garder son quant-à-soi est une règle du métier. Mais apprendre aux bourgeois à devenir des marquis par le jeu des alliances, même s'il n'a pas vu la pièce, lui semble une nourriture frivole pour les citoyens. À l'heure où il est interdit aux nobles de porter des titres. Cela lui paraît une contradiction.

Plus loin, il reconnaît un mouchard et lui lance un regard entendu en le voyant entrer à la suite d'un homme coiffé à la Brutus qu'on soupçonne d'espionnage. Au jardin du Luxembourg, il s'engouffre dans les ruelles plus fraîches de l'intérieur et jette un œil aux endroits habituels, culs-de-sac et petites places enclavées, propices au trafic. Bien que ce ne soit pas cela qu'il redoute. Ni les menus larcins, ni même les crimes sordides de la nuit. Alors qu'est-ce que cette inquiétude sourde ? se demande-t-il, et il marche jusqu'à la Seine encore brillante sous le soleil qui tombe derrière la Conciergerie. Martin Cuisinier fait sa ronde près du Pont-Neuf, tout va bien, citoyen ? lui demande-t-il.

Demain, ils défileront sous un soleil de plomb pour la fête du 14 juillet. Tout est calme, comme avant la tempête, ce silence qui la précède, et que l'on ne sait pas d'où viendra l'assaut. On craint le retour du comte d'Artois suivi des armées étrangères. On craint le soulèvement des Vendéens. L'ombre des massacres de septembre plane sur ces heures silencieuses, parce qu'elles ont eu lieu dans un climat semblable, tendu à l'extrême, un climat de peur alimenté par les rumeurs.

16.

Samedi 13 juillet.

Comme tous les soirs, l'appartement est en effervescence. Simonne a l'impression de ne rien contrôler. Pourtant, comme chaque jour, les journaux seront pliés et distribués. Laurent Bas, le commissionnaire, est arrivé. Ce soir, il est en nage. Sa journée de courses dans une ville fumante n'est pas terminée. Jeannette lui a servi un verre d'hydromel qu'il boit en regardant Catherine et Marie Aubain plier les derniers exemplaires du *Publiciste de la République*. Bientôt il les portera au ministère de la Guerre. Il sait que *Le Publiciste* est attendu sur le front par les soldats, il est particulièrement fier qu'on lui ait confié cette mission. D'un geste machinal, il déplie un exemplaire du numéro 241, et l'ouvre à la page quatre où Marat a publié la lettre d'un soldat indigné par les agissements de son général.

Rue des Cordeliers, on discute toutes portes ouvertes. L'horloger est sorti devant sa boutique, il montre une petite boîte à musique qu'il vient de réparer. Elle jouait du Mozart, dit-il à la ronde, mais écoutez maintenant. Il l'ouvre et on entend *La Marseillaise*. On applaudit. Un autre arrive, il salue à peine, il dit qu'il n'y a plus d'eau dans le puits du quartier. On râle. Demain encore, il va falloir prendre l'eau au porteur. On râle encore. C'est pour les riches. Payer le pain encore. Mais l'eau ?

Personne ne remarque Charlotte qui entre au numéro 30. Elle monte directement chez Marat. Dans la salle à manger, Simonne et le citoyen Bas sont occupés à compter le nombre de journaux quand la voix de Jeannette résonne dans l'antichambre. Une femme avec un de ces chapeaux qu'on porte pour être remarquée s'est engouffrée dans l'appartement.

— Que fais-tu là, citoyenne ? On n'attend personne, dit Jeannette avec fermeté.

Sa voix résonne dans l'appartement et Simonne sort de la salle à manger.

— Qui es-tu ? demande Simonne.

Elle ne reconnaît pas Charlotte qu'elle a vue ce matin dans un autre accoutrement.

— J'ai écrit ce matin, comme on me l'a suggéré, une lettre au citoyen Marat. L'a-t-il reçue ?

Elle fait mine de donner sa nouvelle missive quand, de l'autre côté du mur, Marat interpelle. Faites-la entrer !

17.

C'est comme un grand froid qui la happe.

Un saut dans le noir.

Arriver au cœur du labyrinthe.

Elle s'habitue à la pénombre. Cela ne dure qu'un instant. Le temps de reprendre son souffle. Rien n'est moins familier que ce silence avec lequel il l'accueille. Elle se ressaisit.

De son côté, il la regarde. Il y a quelque chose en elle d'étrange. C'est le mélange des genres peut-être, ce chapeau qui lui donne une allure virile, la robe est provinciale, le cheveu aristocrate. Il la flaire, il la respire. C'est ce qu'on fait entre humains. Il y a toujours quelque chose d'animal dans nos rencontres.

Elle détourne le regard. L'amour entre par les yeux, disait l'Abbesse. L'homme est à moitié nu dans sa baignoire. Il y a toujours en l'homme, dans sa nudité, quelque chose de féroce, quelque chose du Minotaure.

— Je t'écoute, il marque un léger silence, citoyenne.

Elle tend l'oreille. Il a une voix douce. Elle se redresse et le regarde. La baignoire en cuivre masque une partie de son corps, sur la tablette reposent les feuilles noircies par son écriture.

Son visage la surprend, différent de ce qu'elle imaginait, fatigué, cerné. Il l'observe de son regard noir, vif.

— J'ai lu ta lettre. Tu dis venir de Caen, citoyenne ? Les proscrits y seraient réfugiés ?

Il respire plus fort.

— Oui.

— Tu dis dans ta lettre qu'ils te persécutent ? Il a saisi sa plume.

— Oui, citoyen Marat.

— De qui s'agit-il ?

Dans la cuisine, Simonne s'inquiète. Elle saisit un morceau d'argile entre ses doigts et va frapper à la porte du cabinet de toilette.

La porte s'ouvre. Simonne entre, elle s'approche de Marat et lui montre l'argile. Pendant qu'il regarde, elle jette à Charlotte un regard inquisiteur.

— Mais oui, ça ira très bien, dit Marat.

Simonne sort en laissant la porte entrouverte. Charlotte sent bien qu'elle se méfie d'elle. Alors que Marat qui prétend avoir le sens des événements est surtout impatient d'obtenir des noms. Charlotte commence par Pétion, puis elle marque une pause.

— Attends, citoyen Marat. Je vais d'abord te les citer tous et tu les noteras.

Marat relève la tête et la dévisage. Il la trouve singulière. Il y a quelque chose en elle qui l'inspire, sa fougue, cette passion que l'on trouve chez les vrais patriotes. Une vertu qu'il aimerait faire naître chez tous les citoyens.

— Combien y en a-t-il ? demande Marat.

— Seize, sans compter les administrateurs du Calvados.

Charlotte fait deux pas vers lui.

— Ne t'inquiète pas, citoyenne, dit Marat. Bientôt, ajoute-t-il en notant les noms sur le papier, je les ferai guillotiner à Paris.

Lorsque Marat relève la tête, la lame brille dans la main de Charlotte. Elle s'avance, elle est sur lui, au-dessus de lui. La main sur son épaule frêle, elle le maintient de toute sa force. Elle sent sa peau sous ses doigts, son souffle sur son cou, son odeur. Il s'agrippe à sa robe, elle se dégage et le frappe à la poitrine.

La chaise bascule, le sang gicle, l'encre coule.

TROISIÈME PARTIE

1.

Samedi 13 juillet.

Charlotte a laissé tomber le couteau. Un flot de sang se déverse sur le carreau, l'eau de la baignoire est teintée de rouge. Il lui faut peu de temps pour recouvrer ses esprits. Marat respire encore, ses lèvres bleuissent. Il a prononcé ces mots qui la touchent malgré elle, ces mots qui ne sont pas de haine. À moi, chère amie, à moi.

Elle y repensera après coup. Mais sur le moment, elle quitte la scène, se dirige vers la porte d'entrée. Simonne, qui a entendu l'appel de Marat, s'est précipitée à son chevet. Sa tête a basculé en arrière. Qu'as-tu fait, scélérate ? Laurent Bas rattrape Charlotte et Jeannette, l'attrapant par les cheveux, l'entraîne à nouveau vers le bureau. Il faut appeler le chirurgien, Catherine s'en charge pendant que Laurent Bas se précipite dans l'escalier pour appeler à l'aide. À la garde, il hurle, à l'assassin, on assassine Marat ! La rue tout entière répète ces mots qui se répercutent dans le quartier. La nouvelle se répand comme une eau qui déborde.

Il règne dans l'appartement une grande agitation. Charlotte s'est relevée. Elle a les yeux rivés sur la fenêtre qui donne sur la cour. On l'éloigne, de peur qu'elle ne se jette par la fenêtre.

Sauter par la fenêtre lui fait moins peur que d'affronter les sans-culottes. Elle s'imagine qu'ils vont l'étriper. Ces gens-là ont la réputation d'être des sanguinaires. Charlotte n'a pas oublié les exactions qui ont été commises, la violence de leur vindicte. Au souvenir du massacre du major Belsunce le 12 août 1789, elle s'évanouit. C'est ainsi que Martin Cuisinier et Antoine Lafondée, le garde national et le voisin, la trouvent en arrivant. Ils enjambent son corps pour prêter secours à Simonne qui, au chevet de Marat, tente d'empêcher le sang de jaillir. Ils sortent la victime de la baignoire et la portent dans la chambre. Pelletan, le médecin, arrive sur ces entrefaites, il se penche sur le corps de Marat. Il enfonce son index dans le poumon blessé, sous la clavicule du côté droit, exactement entre la première et la seconde côte. Le tronc des carotides est sectionné.

— Il est expiré, dit Pelletan.

Simonne s'effondre.

2.

J'ai réservé, dans un hôtel de la rue des Cordeliers qui se nomme maintenant rue de l'École de Médecine, une chambre qui donne sur la rue. Elle est minuscule et on entend les voisins à travers la cloison. Des rires montent depuis le bar d'à côté. C'est le début du printemps, mais il fait doux ce soir, j'ai entrouvert la fenêtre, je m'accoude au petit balcon en fer forgé et je me penche un peu. L'appartement de Marat était un peu plus loin, sur la gauche, une plaque indique où se situait l'imprimerie.

Il est exactement l'heure du meurtre. Je relis encore une fois la déposition des témoins. Catherine dit qu'en entrant pour donner un verre d'eau à Marat, elle aurait vu Charlotte pleurer et être consolée par lui.

Comment percer à jour la chorégraphie de cet instant qui aura marqué l'histoire et en aura brouillé tous les faisceaux ?

Il n'est pas courant qu'une femme soit prise en flagrant délit de meurtre et Laurent Bas, qui n'en croit pas ses yeux, la désignera dans sa déposition comme « le monstre aux mamelles ». La scène de crime devient une caisse de résonance dont les journaux se feront l'écho dans les jours qui suivront l'événement. Charlotte, jeune fille anonyme, devient célèbre, sous des traits contradictoires. Dans les jours qui suivent le meurtre, peintres et dessinateurs tentent de représenter la scène. Selon l'opinion de l'artiste, elle est blonde et angélique : une sainte qui a débarrassé la France du tyran révolutionnaire. Ou élégante et poudrée, telle une aristocrate, symbole de la contre-révolution. Son image évolue au cours des siècles. Elle devient le symbole de la femme monstrueuse, en proie à ses instincts. On s'interroge sur le lien entre crime et folie, au XIXe, en jetant dans son regard une lueur floue, mélancolique. Au XXe siècle, elle est pour Picasso le symbole de la femme fatale, dévorante. Le portrait qui se trouve dans les archives de la famille est une photo du tableau de Jean-Jacques Hauer, peint dans sa cellule juste avant sa mort. Le teint diaphane, les cheveux châtains, elle est vêtue d'une robe blanche qui diffuse une lumière dorée, comme celle des icônes.

Cette scène de crime ne manque pas d'attiser la curiosité, comme si chacun cherchait dans son élucidation une réponse à ses propres convictions, ses déterminismes, ses conflits, ses désirs.

La femme criminelle attise la curiosité, personne n'a fait autant de cas de Pâris, le meurtrier de Michel Lepeletier de Saint Fargeau, assassiné au mois de janvier.

Les images de ce crime sont si populaires qu'en Angleterre, où l'assassinat politique fait grand bruit, on peut se procurer une boîte à mouches représentant l'assassinat. Mais comme il s'agit d'un objet pour les femmes, on a pris soin de rhabiller Marat, et de l'asseoir sur une chaise.

Une chercheuse américaine, spécialiste des études de genre, voit dans le sang qui coule de la plaie de Marat, sur le tableau de David, la représentation d'un sexe de femme.

Il est bientôt neuf heures quand je sors retrouver les cousines au Procope. L'ambiance y est feutrée, la cuisine bourgeoise. Si loin de ces quelques heures que je viens de vivre dans le trouble. La carte propose un filet de bœuf des révolutionnaires. Je prends le menu des philosophes. J'imagine Camille Desmoulins ou Danton entre les lustres et les banquettes en cuir rouge.

3.

Samedi 13 juillet.

Simonne sait que, bientôt, Marat ne lui appartiendra plus, il faudra le partager avec le peuple de Paris. Elle ne sait trop comment faire avec sa peine, alors elle s'assied d'abord à ses côtés comme elle le fait souvent, sur le bord du lit, elle prend sa main qui est déjà froide, elle glisse à terre, s'agenouille. Cela ne dure pas plus de deux minutes. Derrière la porte, elle entend les murmures des voisins, des amis. Elle ne veut pas qu'ils la voient ainsi, fragile et abandonnée.

Dans la pièce à côté, on interroge Charlotte. Jean-Jacques Hauer, qui se trouvait à la terrasse d'un café au moment du crime, est le premier peintre à saisir sur le vif la meurtrière. Simonne croise le regard de Jeannette qui ne sait que faire de tout ce sang sur le sol, elle lui adresse un petit signe de tête, un signe de renoncement. C'est à ce moment-là, peut-être, qu'elle comprend que tout est fini.

Quand Charlotte quitte les lieux, encadrée par les gardes, Simonne s'approche de la fenêtre où Marat avait l'habitude de se poster. Les flambeaux éclairent les visages, elle regarde sortir Charlotte dans le plus grand silence. Puis une femme crie : Scélérate ! Toute la rue se presse autour de la voiture de police. Simonne reconnaît l'horloger aux mains fines, l'enlumineuse et même le libraire, avec lequel Marat est brouillé. Les gardes repoussent la foule massée autour de Charlotte. Drouet la tient par le bras, il l'accompagne jusqu'à la voiture en jouant des coudes et il l'aide à monter. Les gens se bousculent pour empêcher la voiture d'avancer. Fous de rage, ils semblent prêts à tout pour venger Marat. Alors Drouet grimpe sur le toit et il crie : Retirez-vous citoyens, c'est à la justice de faire son devoir. Ne la tuez pas, car nous perdrions tous les fils du complot. Ces mots claquent comme un coup de fusil tiré en l'air. Le silence envahit la rue, les gens reculent. Ils ont compris. Simonne regarde le fiacre s'éloigner.

L'assassinat de Marat provoque dans Paris, et surtout à la Convention, un climat de terreur. Chacun craint pour sa peau. Les hommes de gauche regardent les hommes de droite en chien de faïence. Qui sera le prochain ? Qui a fomenté ce complot ? Qui a mis le poignard dans les mains de cette femme ?

Dès dimanche, Jacques-Louis David se rend chez Simonne pour préparer les funérailles. On lui a commandé un tableau de Marat, qui sera accroché à la Convention à côté de celui de Lepeletier de Saint Fargeau.

Devant le corps sans vie de son ami, David pleure. Simonne détourne un peu les yeux, gênée par ce mouvement auquel elle a du mal à succomber. Il faut veiller le mort, le rafraîchir sans cesse. Pelletan embaume le corps à l'aide d'aromates et de plantes pour ralentir la putréfaction.

En entrant dans la cuisine avec du linge propre, Simonne surprend Jeannette prostrée devant le plat qu'elle devait préparer pour Marat. Elle lui ordonne d'aller le jeter. C'est exactement ce que Jeannette avait envie de faire. Elle s'en va plus loin, vers la halle aux cochons, elle prend la cervelle, les ris de veau à pleines mains et elle les envoie par-dessus l'enclos avec des cris de rage et de douleur.

4.

Mardi 16 juillet.

Le corps de Marat est exposé dans l'église des Cordeliers sur son lit recouvert d'un drap mouillé. David tient à cette mise en scène, il a été frappé par l'attitude de son ami la veille de sa mort. Marat lui avait dit : « Sans charlatanisme, je m'occupe du salut public. » C'est ainsi, pense David, que l'on doit se souvenir de Marat.

Le lundi soir, vers six heures, le cortège s'ébranle sous un soleil de plomb. Il part de la rue des Cordeliers et descend vers le Pont-Neuf. Il traverse la Seine, longe le quai de la Mégisserie, remonte place Saint-Michel jusqu'au Théâtre-Français, puis il prend la rue des Fossés-de-Marseille et la rue Haute-Feuille en direction du jardin des Cordeliers où Marat doit être inhumé.

Les membres de la Convention sont tous présents. Simonne, Jeannette, Catherine sont devant, non loin de Robespierre, pâle. La mort de Marat ouvre sur un espace sombre, marécageux. La Révolution est comme un monstre froid, il se demande de quel côté elle va se retourner. Il a rencontré Marat une fois, en tête à tête rue Saint-Honoré en janvier 1792. Celui-ci veut obtenir des fonds des jacobins pour son imprimerie et Simonne a organisé la rencontre. Robespierre se méfie de Marat. Il est poli, bien que mal fagoté, mais il est fougueux. En trempant sa plume dans le sang et en réclamant des têtes coupables, Robespierre pense qu'il fait le jeu de leurs ennemis.

Le frère de Le Pelletier, au contraire, voit dans Marat un lanceur d'alertes. C'est lui, explique-t-il, qui a renversé le préjugé le plus enraciné qui ait jamais existé, celui qui couvrait de honte et d'infamie le dénonciateur d'un traître quel qu'il fût.

Pour Robespierre, le soutien de Marat a été indéfectible dans bien des combats, mais quel soutien encombrant, combien de propositions absurdes et violentes contre quelques vérités utiles ! La question se pose de le transférer au Panthéon pour calmer les sans-culottes. Mais la patrie est en danger. Le peuple en colère n'a que faire qu'on enterre l'Ami du peuple aux côtés de Mirabeau. Honorer Marat maintenant, c'est se priver de le venger.

Danton et le couple Desmoulins, qui marchent quelques pas derrière, ont déjà pris leurs distances avec Marat. Dangereux, parce qu'imprévisible. Capable du meilleur, comme du pire. Finalement, pense aussi Danton, sa mort sera plus utile que sa vie.

Les assassins, les traîtres sont sortis au grand jour et le pays sera bientôt purgé de ses ennemis.

Pour eux, Charlotte n'a pas agi seule. Elle est le bras armé des contre-révolutionnaires. Ce soupçon n'est pas pour déplaire aux milieux réactionnaires qui s'empressent de la récupérer.

Sur le côté du cortège, on reconnaît le commissaire Guellard à son regard inquiet, il ressent dans ses tripes la tristesse et la colère de son quartier. Nombreux sont ceux qui ont le dernier numéro du *Publiciste* à la main, derniers mots de l'Ami du peuple. Ils ont perdu leur incorruptible défenseur. Mieux que personne, Guellard connaît leurs difficultés, les injustices dont ils sont victimes, les doutes qui les traversent. C'est une voix qui s'éteint, pense Guellard.

L'avenir du journal de Marat est dans toutes les têtes. Les sans-culottes ont perdu leur guide. Hébert, le journaliste sans-culotte, a la mort dans l'âme. Carra, le royaliste, se frotte les mains. Personne n'imagine qu'une guerre fratricide est sur le point de s'ouvrir. Personne, sauf Simonne. Même si l'on doit lui passer sur le corps, elle défendra les valeurs du journal contre les usurpateurs. Et parmi eux, il y a Roux.

Vers onze heures du soir, le cortège arrive dans le jardin des Cordeliers. Le silence a succédé à l'ample rumeur qui, il y a quelques heures encore, emplissait les ruelles. L'épuisement se lit sur les visages. Le corps de Marat est déposé dans son cercueil, puis inhumé dans la terre des Cordeliers sous les arbres du cloître.

Certains l'ont rêvé au Panthéon, il n'y fera qu'un court séjour avant d'en être expulsé, à la Restauration. En attendant, c'est sous un arbre que Marat est enterré. Son cœur, dans un coffret, ira au club des Cordeliers.

On écoute l'oraison funèbre dans le silence le plus total. « Non, patriotes, Marat n'est pas mort, l'aristocratie, en voulant détruire la liberté, a envoyé sa belle âme au sein des immortels. » Des éclairs zèbrent le ciel, on croit qu'il va pleuvoir sur la poussière de Paris, d'une pluie miraculeuse, d'une pluie salvatrice. Toute la nuit, hommes et femmes se succèdent autour du défunt Marat. Dans le jardin des Cordeliers, une immense arabesque de flambeaux anonymes s'écoule jusqu'au petit matin.

5.

Le 15 juillet 1793, quarante-deux heures après sa mort, David a fait un croquis du visage de Marat, figé et méconnaissable. Après l'attentat, pourtant, il avait vu fleurir partout les portraits de la meurtrière.

La toile est là, recouverte d'un linge blanc. David frissonne et va jeter une bûche dans le poêle. Puis il revient, ôte le drap qui tombe par terre. Non, il n'est pas satisfait. C'est plat, dit-il à voix haute, et ses mots résonnent dans l'atelier. Depuis la mort de Marat, le tableau le torture et ne lui laisse aucun répit. Qu'est-ce qui lui échappe ? Qui était donc Marat, cet ami que tout le monde craignait ? Un homme insaisissable, adulé et haï. Il saisit un pinceau. On le craignait, certes. Danton en avait peur. Il me veut, il m'aura, lui avait-il dit un jour. Bref, on l'enviait. Robespierre se serait bien passé du rapport, que David lui avait fait, d'un Marat impatient de retrouver les bancs de la Convention. Il n'avait rien dit. Robespierre ne disait pas grand-chose, son corps parlait pour lui. Bien vivant, murmure David. Un homme fait d'ombre et de lumière.

Il regarde le rictus figé de Marat sur la toile. Il a compris : ce n'est pas le portrait de son ami qu'il doit peindre, ce n'est pas le reflet de sa tristesse, ni celui de la violence, ni celui de la mort. Ce n'est pas le portrait d'un homme qu'il doit peindre. Mais le visage du peuple, le visage de celui qui portera l'espoir du peuple pour l'éternité.

Bientôt, pourtant, ce sera la Terreur. Le tableau disparaîtra à nouveau dans les caves de Paris. Interdit, censuré, il passera de main en main jusqu'à ce qu'il retrouve la lumière en 1860 à Bruxelles. Tel est le destin de ce tableau.

6.

Mercredi 17 juillet.

Charlotte arrive au Tribunal révolutionnaire par le quai des Morfondus. Il est dix heures du matin.

Antoine Fouquier-Tinville entend les clameurs qui accompagnent son arrivée. Accusateur public, son rôle tient dans ces deux mots. Il a fallu deux jours pour réunir en cavalcade toutes les pièces. Le Comité de salut public auquel il rend compte tous les soirs a été formel, la justice doit être rendue au plus vite sur cette affaire.

Une foule considérable se presse dans la Chambre d'audience. Charlotte balaie du regard le public, le jury, les greffiers. Elle reconnaît Montané qui l'a interrogée la veille. Mais elle attend d'être à la place qu'on lui désigne pour lever la tête vers Fouquier-Tinville. L'homme, vêtu de noir jusqu'à la plume de son chapeau, remplit la salle de sa présence. Elle lit dans son œil le tranchant de son caractère. Quant à lui, il voit apparaître une jeune fille, en jupon et corsage de satin bleu, cheveux serrés dans un bonnet. Soulagée de ne plus avoir de secret sur le cœur, elle se sent presque légère et elle est prête à combattre.

— Accusée, levez-vous. Voilà de quoi l'on vous accuse, voici les charges qui seront portées contre vous.

La salle d'audience est silencieuse. La tête haute, Charlotte écoute l'acte d'accusation délivré par le greffier Fabricius. Ce prénom, qui sonne comme un personnage antique, la fait sourire. Elle ne peut pas savoir qu'en vérité il s'appelle Pâris, comme l'assassin de Le Pelletier. Un mauvais présage, dans les lieux où s'exerce une justice destinée à combattre les crimes politiques, les trahisons, les complots. Pâris a échappé à la justice, il s'est suicidé. Alors on a préféré renommer le greffier.

On fait entrer les témoins. Jeannette Maréchal, Antoine Lafondée, Laurent Bas. À la barre, il fait rire le public en mimant la manière dont il est parvenu à arrêter Charlotte après le meurtre. Elle n'a pas l'intention qu'on se moque d'elle de la sorte. Ce procès est pour elle une tribune précieuse, l'occasion d'expliquer un assassinat qu'elle assume pleinement. C'est le geste d'une femme qui s'est sacrifiée pour sa patrie.

Gustave Doulcet, l'avocat qu'elle a sollicité, n'a pas répondu à sa demande. Elle décide de se défendre seule. Le greffier note chacune de ses paroles et c'est à son public autant qu'à ses juges que Charlotte s'adresse.

Répondant à chaque question sans se départir de son sourire, d'une voix presque légère, primesautière, Charlotte fait des émules parmi ceux qui, quelques minutes plus tôt, étaient prêts à la pourfendre. L'enjeu du procès est considérable pour les membres du Comité de salut public. Il faut à tout prix qu'il serve à calmer la révolte des sans-culottes, qui réclament à juste titre la justice. Mais comment parvenir à désarçonner cette jeune fille inconnue qui tourne chaque question à son avantage ?

— Je n'ai pas cru tuer un homme, explique-t-elle, mais une bête féroce qui dévorait tous les Français.

— Quelles raisons vous ont engagée à commettre cet assassinat ?

— Ses crimes.

— Qu'entendez-vous par ses crimes ?

— Les malheurs dont il a été la cause depuis la Révolution.

— Quels sont ceux qui vous ont engagée à commettre cet assassinat ?

— Personne, c'est moi seule qui en ai conçu l'idée.

Ces mots provoquent un murmure de réprobation dans le public, personne ne veut croire cela. Montané insiste.

— Vous ne persuaderez jamais qui que ce soit qu'une personne de votre sexe et de votre âge ait pu concevoir un pareil attentat sans y avoir été invitée par quelque individu que vous ne voulez pas nous indiquer. Notamment par des ennemis de Marat.

Il regarde l'auditoire d'un air entendu. Il s'agit de démasquer les auteurs du complot contre-révolutionnaire. Charlotte répond d'un air assuré :

— C'est bien mal connaître le cœur humain. Il est plus facile d'exécuter un tel projet d'après sa propre haine, que d'après celle des autres.

Le président est impressionné par son sang-froid. À la colère perceptible du début a succédé dans l'assistance une sorte de torpeur admirative. Les journalistes ébahis ont posé leur plume. Fouquier-Tinville fulmine. Le procès lui échappe. Il se lève et demande :

— Quand avez-vous formé ce projet ?

— Depuis l'affaire du 31 mai, jour de l'arrestation des députés du peuple.

— Que disent-ils de Robespierre et de Danton ?

Charlotte sourit et, prenant l'auditoire à témoin, elle répond sans trembler :

— Ils les regardent, avec Marat, comme les provocateurs de la guerre civile.

Prononcer ces paroles est suicidaire par les temps qui courent. L'assistance est consternée. Mais Charlotte remarque la lueur d'admiration qui éclaire certains regards.

— C'est donc dans les journaux que vous lisiez que vous avez appris que Marat était un anarchiste ?

— Oui, je savais qu'il pervertissait la France. J'ai tué un homme pour en sauver cent mille.

Pour elle, l'arrivée des Montagnards au pouvoir est la porte ouverte à la guerre civile et à l'anarchie. En tuant Marat, elle pense donc avoir rétabli la paix.

Montané fait alors entrer Marie Aubain et Jeannette. Dans la voix de ces femmes percent la colère et la sincérité pendant qu'elles révèlent devant le jury et tout l'auditoire la duplicité de Charlotte.

Catherine Évrard évoque les larmes qu'elle a vu Charlotte verser quand elle était avec Marat.

— Comment avez-vous pu regarder Marat comme un monstre, alors qu'il ne vous a laissé introduire chez lui que par un acte d'humanité, parce que vous lui aviez écrit que vous étiez persécutée ?

— Que m'importe qu'il se montre humain envers moi, si c'est un monstre envers les autres.

Désarçonné, Fouquier-Tinville se lève à nouveau et montre le couteau à l'assistance.

— Voici, messieurs les jurés, l'arme du crime. Il s'approche de l'accusée.

— Le reconnaissez-vous ?

Charlotte pâlit un peu. L'accusateur public poursuit.

— Marat était assis. Vous étiez debout, vous l'avez frappé d'en haut. Ainsi, vous l'avez tué d'un seul coup. Apparemment, vous étiez d'avance bien exercée ?

Il s'approche plus près d'elle. Charlotte tourne la tête. Quelqu'un l'entend murmurer : Le monstre, il me prend pour un assassin !

7.

Charlotte a demandé une dernière faveur à ses juges. Un portrait fidèle destiné à son père, sa famille et ses amis. Elle a fait venir Jean-Jacques Hauer qui n'a pas quitté l'audience jusqu'au verdict. Charlotte est condamnée à la peine de mort. Le peintre a quelques heures devant lui avant qu'ils ne viennent la préparer pour son exécution. Ses mains tremblent un peu, elle le remarque, il rougit légèrement.

Dans cette pièce aveugle qui ressemble à l'antichambre de la mort, les mots n'ont plus de sens. Est-ce par souci de bienséance qu'elle lui fait la conversation ? Ou pour tromper sa peur ? Il ne l'écoute pas, seuls comptent les gestes du peintre, ses mains qui s'éparpillent sur la toile et le dessin qui s'élabore sous les yeux de Charlotte. Le silence se fait à mesure que les traits de son visage apparaissent sur la toile.

Hauer connaît déjà ses traits par cœur. C'est lui qui a saisi la scène de crime, sur le vif, sortant son carnet de croquis au milieu du chaos. Elle vient d'occire

Marat, dont les yeux sont révulsés, le sang est encore frais sur la lame du couteau. Ce tableau sera exposé dans un mois, au Salon de 1793, en attendant le portrait de David.

Hauer relève la tête, leurs yeux se croisent.

Charlotte soutient son regard, puis se détourne, troublée. Il semble vouloir la percer à jour. Elle a tout dit, pourtant. Elle n'a rien caché. Que cherche-t-il qu'elle ne sait pas elle-même ?

Hauer voudrait dire quelque chose, mais ne trouve rien. Un éclair sombre a traversé le regard de Charlotte. Un bleu de la nuit, profond et vif, où brille une lumière. *Quand l'âme est affectée d'une passion, le corps en partage l'impression*[1].

Continuez, dit Charlotte.

Elle est pâle, d'une pâleur qui le touche. Jamais Hauer n'oubliera cet instant où Charlotte aurait pu se délester du glacis qui l'enferme peu à peu. Elle aurait pu lui confier, à lui qui la regarde sans la juger, ce pourquoi mystérieux qui le hantera toute sa vie. À l'aide d'un pastel, il renforce la blancheur de son bonnet, au fond vert déjà foncé il ajoute une pointe de noir.

De cette vie, Charlotte ne veut plus, c'est celle d'après qui l'intéresse. Aller sans regret dans l'au-delà, c'est ce qu'elle a appris à l'Abbaye. La question de l'immortalité de l'âme, disait l'Abbesse, est une

1. Article *Passion,* dans l'*Encyclopédie* de Diderot et d'Alembert.

question philosophique qu'il ne sied pas aux jeunes filles d'interroger. C'est ici-bas qu'il faut vivre avec humilité dans la bienséance qui convient à son sexe. Charlotte n'a peur ni du jugement des hommes ni de la mort. Dieu est son seul juge, elle ne doute pas de son pardon. Elle a d'ailleurs refusé qu'un prêtre assermenté vienne entendre sa confession. Son corps bientôt sera séparé de son âme, l'éternité l'attend. À Dieu, mon cher papa.

Charlotte offrira à Hauer une mèche de ses cheveux. Après sa mort, il retouchera son portrait jusqu'à l'obsession pour faire apparaître un halo de lumière blanche autour de son visage. Dans le dernier portrait, elle ressemble à une icône. Une véritable transfiguration qui la suivra pendant des siècles.

8.

Debout dans la charrette, vêtue de la chemise rouge des assassins, Charlotte traverse le Pont au Change embrassant la ville d'un seul regard, ces toits serrés les uns contre les autres, ces ruelles aux pavés mal joints. L'ombre des bâtiments se reflète dans l'eau verte, le soleil est presque tombé. Nous sommes le mercredi 17 juillet, il est cinq heures du soir. Une foule dense se presse pour voir passer l'assassin de Marat. Les rumeurs de l'événement se sont répandues comme une traînée de poudre dans un Paris en état de choc. On a suivi l'arrestation et le procès dans les journaux. Aujourd'hui, le nom de Corday est sur toutes les bouches.

Le trajet que prend la charrette est le même pour chaque condamné. Deux heures pendant lesquelles Charlotte se tient debout, impassible face aux cris et aux insultes d'une foule hostile. Il y a quatre jours à peine, elle faisait le chemin en sens inverse pour accomplir sa mission. Tuer Marat pour rétablir la paix. Elle ne doute pas d'avoir réussi devant ces gens qui la regardent passer. Certains l'insultent, d'autres se taisent.

Son *Adresse aux Français,* avec ses accents mystiques, Danton l'a lue à voix haute au Comité de sûreté générale le soir du meurtre. Robespierre avait posé son front sur sa main pour réfléchir, Fouquier-Tinville se tenait aussi raide et froid qu'un mort pendant que Danton la lisait, en y mettant le ton par-dessus le marché. Il l'a lue jusqu'à la fin, jusqu'à ces mots par lesquels elle exhorte les citoyens à prendre les armes. *Français, je vous ai montré le chemin, vous connaissez vos ennemis, levez-vous, marchez, frappez.*

Assez ! a crié Robespierre. Ça tombe bien, a répondu Danton, j'ai fini. Il s'est resservi un verre de vin qu'il a bu d'un trait. Il en a proposé aux autres, puis il s'est resservi. Tous semblaient dévastés, épuisés. Étaient-ils soulagés par la mort de ce Marat trop incontrôlable ? Ou désemparés ? Qui, d'un Hébert ou d'un Jacques Roux, allait prendre l'ascendant sur les faubourgs menaçant l'équilibre précaire de cette nouvelle Convention montagnarde ? Malgré ses défauts et ses sautes d'humeur, Marat était député et il savait parler aux sans-culottes.

Ce brûlot ne doit pas sortir d'ici, dit alors Robespierre.

Charlotte n'a pas accepté de rester docilement à la place que son identité lui assignait. Madame Roland et Olympe de Gouges saluent son courage. La première la trouve cependant bien naïve et la seconde redoute les conséquences d'un tel acte pour les femmes. Elles ne se trompent pas. Le geste de Charlotte va renforcer l'idée selon laquelle la femme, exposée à des passions qui la dépassent, se transforme en virago. Le meurtre de Marat discrédite celles qui veulent se mêler de politique. À partir de cet événement, les Conventionnels entérinent le fait que la femme n'a pas sa place dans l'espace public. Si elles sont tolérées à la Convention, ce n'est qu'en spectatrices et il faudra attendre 1944 pour qu'elles aient le droit de vote.

La femme est priée de rejoindre l'espace invisible de la sphère privée. À l'automne 1793, les clubs de femmes seront dissous. On verra tomber les têtes d'Olympe de Gouges, de Madame Roland, de Madame du Barry, de Marie-Antoinette. De mars 1793 à juillet 1794, trois cent soixante-quatorze femmes auraient été exécutées à Paris. Quant à Théroigne de Méricourt, internée à la Salpêtrière, elle mourra, folle, en 1817.

Le soir tombe lorsque la charrette arrive sur la place de la Révolution, on a allumé des flambeaux aux balcons. Un souffle traverse la foule lorsque Charlotte monte les escaliers et qu'elle se tient debout, face à elle, avec ce visage calme sur lequel flotte un léger sourire. Qui est-elle pour affronter si crânement son destin ? Elle a bravé la loi de son père. Pardonnez-moi, mon cher papa, d'avoir disposé de mon existence sans votre permission, a-t-elle écrit dans sa dernière lettre. Elle n'a jamais vraiment accepté cette loi. Elle espère le venger un peu du déclassement. Qu'il trouvera, dans son geste sublime, quelque consolation.

Un homme en gilet et jabot s'éponge le visage tant il la trouve belle et désirable. Mais comment est-ce possible ? C'est une meurtrière. Un peu plus loin, une femme s'effondre, on la ramasse. Ce sont la chaleur et l'attitude admirable de Charlotte qui prennent aux tripes.

À en oublier que c'est elle l'assassin et Marat la victime.

Au milieu de cette foule qui gît presque morte sous ses yeux, il y a un jeune homme blond, habillé simplement, le chapeau orné d'une cocarde. Charlotte ne l'a pas remarqué. Pourtant il a suivi le convoi depuis le début. Il s'appelle Licht, un mot qui signifie « lumière » en allemand. Il vient de Rhénanie, une province qui s'est ralliée à la jeune République. Par amour pour elle, il se fait appeler Lux. Son prénom, c'est Adam. Adam Lux, cela ne s'invente pas. Lecteur de Rousseau, de Plutarque, il a la Révolution dans l'âme et la passion de la liberté. Quand il arrive à Paris, il fréquente l'hôtel des Patriotes hollandais, rue des

Moulins, pour échanger des idées avec les bataves et les députés de la Corse. Avec l'exclusion de ses amis girondins, les Roland, les Pétion, les Barbaroux, son cœur est plein de doutes, il veut déjà mourir. Dans sa chambre d'hôtel, le 13 juillet, il est en train d'écrire, avec exaltation, son *Avis aux citoyens français* lorsqu'il apprend la mort de Marat. Son idéal trouve un nouveau souffle, lui qui se sent souvent si seul à penser comme il pense, à flâner dans les hauteurs loin des idées raisonnables de ses amis. C'est un penseur, un poète, un romantique prêt à se sacrifier pour une cause. Rue Saint-Honoré, il a vu Charlotte si calme et impassible sous les insultes et les quolibets, qu'il a été frappé par son courage et sa douceur, dit-il, *inaltérable*.

Adam Lux éprouve pour Charlotte une passion si intense qu'il aurait préféré mourir pour elle, lui qui voulait tant se sacrifier pour une cause. Il s'est glissé sous l'échafaud, il s'est assis dans la paille, le visage brûlant de larmes. Plus tard, il écrira aussi une lettre de résistance aux Montagnards, en hommage à Charlotte Corday. Il lui faudra attendre que David finisse le tableau de Marat, attendre que l'on décide de le panthéoniser, attendre que l'on ferme les clubs de femmes, attendre qu'on les renvoie à leurs affaires, attendre que tombe la tête des réfugiés girondins, pour être enfin guillotiné à l'automne.

Le bourreau s'approche de Charlotte et lui demande si elle a besoin d'un confesseur. Non, murmure-t-elle.

9.

À Charlotte

Quelle idée, ma cousine, de vivre à l'ombre de ton histoire ?

Cela m'a pris si longtemps de déconstruire ton geste, de détricoter ton énigme.

Dans le couloir de mon grand-père, la gravure qui te représente a disparu. Elle est dans mon bureau, posée sur une vieille machine à écrire Valentine rouge. Rouge, pensais-je naïvement au début, comme la Révolution.

Rouge comme la tunique des condamnées à mort que tu portais sur la charrette.

Rouge comme le bonnet des sans-culottes.

Rouge comme le sang que ma grand-mère m'avait dit qu'elle avait, et que je n'avais pas.

Aujourd'hui, tu m'as quittée. Tu étais pourtant là et je pensais à travers toi, dans ce présent du passé qui est tellement fragile et que j'ai eu la chance de pouvoir goûter. Debout devant la gravure, je te regarde. La légende dit toujours, *Sa mémoire passera à la postérité, comme celle de tous les grands coupables, car on ne peut pardonner l'assassinat, même celui de Marat.* Qui sommes-nous pour te juger ?

J'ai voulu dire que tu es autre chose que ce geste qui t'enferme. Une jeune femme emportée par le courant d'un événement extraordinaire.

Pendant longtemps, j'ai pensé que c'était toi, la victime. J'aimais particulièrement l'histoire *La Chèvre de Monsieur Seguin*. C'est ainsi que tu m'apparaissais. J'attendais la fin, les poings serrés sous mes draps, à l'affût du moindre mot, de la moindre inflexion dans la voix de ma tante qui aurait pu contredire l'inéluctable fin, la robe tachée de sang, la mort à l'aube dans la montagne.

J'ai rassemblé les lettres, les adresses, les prières. J'ai essayé de comprendre ton sacrifice. Tu as tué Marat pour des idées, tu l'as aussi tué pour venger ton père et ta famille. Je vois aussi, dans ton geste, le signe d'une rage désespérée. C'est le geste d'une jeune fille cherchant sa place dans une société nouvelle qui prônait des valeurs humanistes, mais dont les femmes étaient exclues.

Il reste pourtant bien des ombres. Je me demande encore ce que tu as voulu dire, en écrivant à Barbaroux avant ton exécution : *une imagination vive, un cœur sensible promettent une vie bien orageuse, je prie ceux qui me regretteraient de le considérer.*

BIBLIOGRAPHIE

Guillaume Mazeau, *Le Bain de l'histoire*, Champ Vallon, 2009.

Serge Bianchi, *Marat, « l'Ami du peuple »*, Belin, 2017.

Michel Pertué, « La liste des Girondins de Jean-Paul Marat », *Annales historiques de la Révolution française*, 1981.

Archives de Charles Vatel.

Le Publiciste de la République de Jean-Paul Marat, Gallica.

Corday contre Marat. Les discordes de l'histoire, Journal d'exposition, Musée de la Révolution française, Vizille.

Martial Poirson et Camille Noûs, « L'adieu aux armes. Le désarmement des corps féminins sous la Révolution française », revue *Dix-Huitième Siècle*, 2021.

Frédéric Bourdin (dir.), *Les Noblesses françaises dans l'Europe de la Révolution*, Presses Universitaires de Rennes, 2010.

Linda Timmermans, *L'Accès des femmes à la culture sous l'Ancien Régime*, Champion Classiques, 2005.

Jean-Clément Martin, *La Révolte brisée. Femmes dans la Révolution française et l'Empire*, Armand Colin, 2008.

REMERCIEMENTS

Merci à Juliette Joste, mon éditrice, et à Simon Labrosse.

Merci à Aude Lafait, ma première lectrice.

Toute ma gratitude à Alain André, Catherine Berthelard, Renée Combal-Weiss, Marianne Jaeglé et Hélène Massip pour leurs encouragements et la justesse de leurs remarques.

Merci à l'historien Guillaume Mazeau de m'avoir ouvert des perspectives.

Merci à Hélène de Talhouët, Laure Talamon, Françoise Gazio, Jean-Christophe Pratt et Camille Decisier.

Un merci particulier à Éric, pour son soutien indéfectible.

Cet ouvrage a été imprimé par
CPI Firmin-Didot au Mesnil-sur-l'Estrée
pour le compte des éditions Grasset
en avril 2023.

Mise en pages
PCA 44400 Rezé

PAPIER À BASE DE
FIBRES CERTIFIÉES

Grasset s'engage pour
l'environnement en réduisant
l'empreinte carbone de ses livres.
Celle de cet exemplaire est de :
650 g éq. CO_2
Rendez-vous sur
www.grasset-durable.fr

N° d'édition : 22825 – N° d'impression : 174285
Dépôt légal : mai 2023
Imprimé en France